CONTOS JURÍDICOS

CONTOS JURÍDICOS

RUBENS NECO

Ler EDITORA

Brasília, 2012

LER Editora Ltda.
SIG Quadra 04 Lote 283 – 1° Andar
Tel. : (61) 3362–0008 – Fax: (61) 3233–3771
lereditora@lereditora. com. br
www. lereditora. com. br

Editor
Antonio Carlos Navarro

Autor
Rubens Neco

Projeto gráfico
Nathália Alencar Neiva

Impressão e acabamento
Ler Editora Ltda.

Dados Internacionais de Catalogação na Publicação (CIP)

Neco, Rubens.

Contos Jurídicos / Rubens Neco . – Brasília: LER Editora, 2012.

136 p. 15 x 21 cm.

ISBN 978–85–64898–29–5

1. Literatura brasileira. 2. Contos. II. Título.

CDU 82–34

Desejo agradecer as pessoas que foram generosas com seu tempo e dedicação.

A Profª. Fabiana Borges e Dr. André Luís de Paula Borges, que interpretaram e analisaram todos os contos desta obra.

A Professora Ecy Ala.

Aos meus professores e colegas da Faculdade que me incentivaram a levar este projeto adiante.

E a minha esposa, que como sempre, me motiva a continuar...

"Quem não luta por seus direitos,
não é digno de tê-los."

Rui Barbosa

Esta é uma obra de ficção. Todos os nomes citados são irreais, bem como cidades e lugares citados que nada tem a ver com os personagens e a situação que ocorrem na história.

Toda e qualquer semelhança de personagens e situações deste romance com a vida real será mera coincidência.

SUMÁRIO

PREFÁCIO, 9

ABORTO DE ANENCÉFALO, 11

ALIENAÇÃO PARENTAL, 15

AUSÊNCIA, 19

CASO FORTUITO, 23

COAÇÃO, 27

COAÇÃO II, 31

CODICILO, 35

COMORIÊNCIA, 39

CONTRABANDO, 41

CONTRAVENÇÃO, 43

CRIME CONTRA A SAÚDE PÚBLICA, 47

DEVER DE CUIDADO, 49

ERRO DE PROIBIÇÃO, 53

ESTADO DE NECESSIDADE, 57

ESTELIONATO, 59

ESTUPRO DE VULNERÁVEL, 63

EXCESSO DE LEGÍTIMA DEFESA, 67

EXPLORAÇÃO DE MENOR, 71

FIADOR, 75

IMPRUDÊNCIA, 77

IMPRUDÊNCIA OU IMPERÍCIA?, 79

INCAPAZES, 81

INDUZIMENTO A ESPECULAÇÃO, 83

INDUZIMENTO AO SUÍCIDIO, 87

INIMPUTÁVEIS, 91

INTIMIDAÇÃO, 95

LEGÍTIMA DEFESA PUTATIVA, 99

LOMBROSO, 101

NEGLIGÊNCIA, 105

OBSESSIVO COMPULSIVO, 107

OFENDÍCULOS, 111

PRODUTOS TERAPÊUTICOS ADULTERADOS, 115

RECONVERSÃO, 119

SEQUESTRO, 123

VIOLAÇÃO DE SEPULTURA, 127

FUNDAMENTOS JURÍDICOS, 131

POSFÁCIO, 133

PREFÁCIO

Rubens Neco é um autor bastante versátil, de mente inquieta, que escreve romance, contos para crianças e adultos e, nesta fase da sua vida em que é acadêmico do Curso de Direito, resolveu escrever contos jurídicos.

Fomos nomeados, com muita honra, para prestar uma assistência como revisores desta neófita obra de contos jurídico.

Este trabalho teve sua concepção a partir da observação do dia a dia, das situações jurídicas que são manifestas em todos os lugares e que, através de um olhar clínico, aprimorado e atento Rubens Neco pode imaginar e inventar tais histórias.

Uma das finalidades destes contos é auxiliar, sobremaneira, o docente que encontra farto material ilustrativo, saindo dos exemplos triviais que são oferecidos pelos doutrinadores hodiernos, além de oferecer exemplos que auxiliarão os discentes na memorização do conteúdo ministrado em sala de aula. Sugere–se que os temas sejam debatidos como estudo de caso, o que ajudará o acadêmico visualizar a aplicabilidade prática do direito, no caso concreto.

Todos os contos jurídicos apresentados possuem uma fundamentação jurídica na legislação pátria, contudo, poderá ser encontrada, dependendo da tese usada, indicação jurídica diversa, uma vez que o Direito baseia-se em retóricas argumentativas que irão convencer o magistrado por essa ou aquela tese. Neste ponto é que se exalta a iniciativa da obra, pois há espaço para diversas lucubrações jurídicas em que cada leitor possa interpretar e montar sua tese de defesa ou acusação.

Esta obra é indicada para os docentes, discentes e por todos que são apaixonados pelas histórias jurídicas e que é latente, em seu interior, a sede da aplicação do direito de forma justa, social e humana.

Agradecemos ao autor, Rubens Neco, pela oportunidade e confiança em depositar tamanha responsabilidade em nossas mãos.

André Luís de Paula Borges
Mestre em Direito Público

Fabiana A. F. Peres Borges
Especialista em Direito do Trabalho

ABORTO DE ANENCÉFALO

Manhã chuvosa. Marly vira na cama de um lado para o outro, encontra–se psicologicamente abatida. Liga a televisão para assistir ao programa matinal apresentado por seu marido, que insistentemente solicita para seus telespectadores, orarem por sua esposa. Ressalta, com a voz embargada pela emoção, que sua gravidez é de alto risco, e terá que passar por alguns procedimentos nesta tarde. Com olhos fechados e a cabeça voltada para o céu, implora a Deus, em frente às câmeras, que olhe por ela, não permitindo que nada de ruim possa acontecer a ela e ao bebê.

Marly olha fixamente para a tela da TV e se repugna com tamanho cinismo. Lembra–se das palavras que ele lhe disse antes de sair de casa.

"Você não pode ter este bebê. Já foi diagnosticado como anencéfalo é um feto com morte cerebral, se ele nascer minha reputação estará comprometida. Sou um homem público, saudável, admirado, não posso passar a imagem de ter ajudado alguém a gerar um filho deficiente."

As lágrimas rolam insistentemente pelo seu rosto,

enquanto Marly se lembra das palavras do pastor de sua igreja:

"Pense bem minha filha, Jesus em sua infinita bondade proíbe a eliminação de um ser humano inocente e não aceita exceções. Os fetos anencefálicos, como todos os seres inocentes e frágeis, não podem ser descartados e também tem seus direitos. Sei que esta gestação está sendo um drama para você e sua família, seu marido por vergonha e egoísmo tem interesse de ocultar esta informação, sei também que especialmente para você está sendo complicado, mas não leva adiante a possibilidade, pois Jesus, que comemora a vitória da vida sobre a morte, nos inspira a reafirmar com convicção que a vida humana é sagrada."

Marly ajoelha-se e suplica:

– Ó meu Deus, o que devo fazer? Não me abandone neste momento. Sei que meu bebê não terá amigos, não correrá pela sala, não jogará bola, não irá à escola, e nunca me chamará de mamãe. Sei também meu Deus que se ele nascer com vida o terei por alguns minutos e com certeza será um trauma que levarei comigo para o resto da vida, pois não terei coragem de engravidar novamente.

Colocando-se de pé tenta se resignar, mas ao fechar os olhos vem a sua mente as palavras do seu advogado.

"Fique tranquila Marly, não se sinta culpada, sua decisão está amparada por uma recente decisão STF, aborto consentido, e dependerá da decisão da mãe que estiver gerando o feto com Anencefalia. Portanto, você estará judicialmente protegida por uma excludente de ilicitude. Seu marido me informou que você corre risco de vida, segundo o parecer médico e se continuar com esta gestação poderá ter consequências colaterais graves.".

Marly anda pela casa, a campainha soa. A ambulância chega e Marly é levada ao hospital amparada pela sua mãe que numa última tentativa implorava, dizendo que não queria morrer sem antes ver o rostinho de seu netinho nem que fosse pela primeira e última vez. Marly chora durante todo percurso até o hospital. Os procedimentos foram realizados naquela noite.

Ao amanhecer, sozinha no quarto do hospital, sentia-se vazia, abandonada, culpada. Novamente lembrou-se das palavras do médico, e pensava: "Com certeza foram corrompidos por meu marido. E o pastor? Será que realmente conversa com Deus? O meu advogado, esse sim, tenho certeza, que conversa com o diabo, e minha mãe, dela eu não sei nem o que pensar".

Marly liga a TV e vê seu marido aliviado, transmitindo a tranquilidade que só ela conhecia, mas hipocritamente continuava pedindo preces a seus telespectadores, pois agora precisa que Jesus atenda seus pedidos para a pronta recuperação de sua esposa.

Depressiva, Marly no seu silêncio profundo e doloroso, em seu íntimo a revolta falou mais alto: "Ah! Meu querido, você não perde por esperar!".

ALIENAÇÃO PARENTAL

Folheando o caderno de Raiza, estudante da pré–escola, a professora Ludmila se deparou com desenhos comprometedores. Indignada levou o assunto para a diretoria. Igor, o irmão de Raiza, estudava no segundo ano do ensino fundamental e não permitiu que a professora olhasse seu caderno. Os dois foram encaminhados para a psicopedagoga que sentiu certa resistência por parte das crianças. Alice, a mãe das crianças, foi chamada e alegou que eles estavam passando por um momento muito difícil. Os desenhos retratavam fielmente o que estava acontecendo em sua casa.

A diretora ouviu a mãe que lhe contou que seu ex–marido Jorge, o pai, era violento e havia abandonado a família por causa de outra mulher. Exigia a divisão dos bens e por isso vinha maltratando todos com ameaças e espancamentos. A diretora pediu à psicopedagoga que acompanhasse o caso.

Naquele dia, ao retornar para casa, as crianças encontraram–na destruída, alguns móveis estavam quebrados, inclusive a cama deles. Diante do desespero das crianças, Alice foi logo dizendo:

–Foi seu pai, ele veio aqui e quebrou tudo, e ainda levou algumas de suas roupas, com certeza é para os filhos da outra.

Há dias Alice servia uma sopa muito rala, alegando que não estava recebendo a pensão. As crianças já se sentiam fracas e Alice impediu que elas fossem à escola durante alguns dias. Ao receber a visita da psicopedagoga, Alice apresentou um quadro deplorável. As crianças dormiam no chão e quase sem roupas. Contou a ela que o pai havia destruído tudo e levado as poucas roupas que eles tinham.

Alice não aceitava o fato de ter sido trocada por outra mulher, então decidiu que faria de tudo para denegrir a imagem de Jorge e afastá–lo dos filhos. Quando a noite chegava ela desenhava um homem acariciando uma menina, outros desenhos exibiam o homem oferecendo cigarro e bebida para um menino. Alice obrigava as crianças a copiar os desenhos em seus cadernos, pois sabia que as professoras os olhariam, mas proibiu as crianças de contar que copiavam os desenhos.

O drama se intensificou quando o conselho tutelar entrou no caso. Em algumas entrevistas, Alice apresentou um quadro caótico de violência contra ela e as crianças, por parte do seu ex–marido.

Jorge foi convocado e sua versão foi totalmente diferente. Ele dizia amar as crianças e que Alice o impedia de se aproximar, criando situações vexatórias, colocando–o como carrasco, levando seus filhos acreditar que ele agredia as crianças. No seu depoimento acrescentou:

–Nós não temos bens para dividir, sou o responsável pelo aluguel e muitos dos móveis que ela quebrou e que ainda não foram pagos. Eu deposito a pensão combinada na conta corrente, mas todos os meses ela encerra a conta e abre em outro banco, só pra dizer que eu não estou depositando a pensão das crianças.

Após a visita do conselho tutelar, compareceu à delegacia a mãe e os dois filhos. Ela toda ensanguentada e as crianças com pequenos ferimentos. Alice gritava que seu ex–marido tinha a agredido e ferido as crianças. Jorge foi imediatamente intimado. Apresentou–se à delegacia e alegava não ter visto Alice e as crianças nos últimos dias. Tinha como provar. O cartão de ponto da empresa e as câmeras comprovavam que na hora em que ela dizia que fora espancada, ele estava trabalhando.

Enquanto o caso era investigado, a psicóloga convidou Alice e as crianças para uma sessão, mas não compareceram. Nesta noite a polícia esteve na casa de Alice, encontrou as crianças dormindo no chão, sujos e sem alimentação. Aos gritos ela pedia que prendessem Jorge, pois ele havia estado lá por duas vezes e tinha certeza que havia envenenado as crianças.

A ambulância foi chamada e levou–as imediatamente para o hospital. Felizmente tratava–se de um forte calmante que havia sido ministrado por Alice, que confirmou ter dado o remédio para que Jorge não tivesse a oportunidade de ficar sozinho com as crianças.

A justiça assumiu o caso. Alice manipulava as crianças contra o seu genitor. Foi internada para tratamentos específicos. As crianças estão em constante acompanhamento psicológico e já aceitam a aproximação do pai, mas continuam sobre os cuidados dos avós, com supervisão da justiça.

AUSÊNCIA

A Empresa Mantelli, fabricante de peças para automóveis, sofreu nos últimos dias um abalo de confiança com o desaparecimento do proprietário Sr. Agnaldo Mantelli. Os funcionários procuravam por informações, mas não tiveram sucesso. A polícia assumiu o caso acreditando tratar–se de um sequestro. Os dias passaram e não houve contatos que pudessem presumir que se tratava de um crime porque não houve pedido de pagamento de resgate, derrubando a tese policial.

Seu principal sócio, procurador e representante, o irmão mais novo, Arrener Mantelli, assumiu a direção da empresa, até que a justiça determinasse os procedimentos legais. Confirmou–se o desaparecimento de Agnaldo Mantelli, que não levou nenhum dinheiro, apenas um relógio de bolso de ouro com ponteiros azuis e brilhantes afixados no centro, a corrente trazia um pingente de uma águia.

Por ser o representante e procurador Agnaldo Mantelli passou a administrar os bens. Através de um requerimento Arrener solicitou ao Juiz que o nomeasse curador, já que a ex–esposa de Agnaldo não poderia assumir, pois eram separados judicialmente e seus filhos eram menores de idade. Com o objetivo de preservação do patrimônio, o sócio curador, passou a assumir todas as responsabilidades, fazendo investimentos e promovendo uma verdadeira reformulação.

De dois em dois meses, o Juiz determinou publicar editais convocando o ausente para retornar a posse de seu patrimônio. Cumprido esta exigência e completado o prazo determinado de três anos, foi autorizada a abertura da sucessão provisória e declarada a Ausência. Arrener investiu novas tecnologias e administração profissional levando a empresa assumir a liderança no mercado de autopeças e associou–se a outras se tornando um grupo empresarial.

Dez anos após o trânsito em julgado da sentença da abertura da sucessão provisória, foi requerida a sucessão definitiva e houve a presunção de morte de Agnaldo, mesmo não tendo completado cinquenta anos de idade.

Com a decisão, os herdeiros assumiram legitimamente a parte que lhes cabiam e passaram também a administrar a empresa, bem como a divisão de outros bens que tinham direito e que faziam parte da sentença judicial. A União de esforços manteve a empresa em franco desenvolvimento.

Numa tarde de muito trabalho Arrener, sentindo–se cansado saiu do escritório para serenar os pensamentos. Um velho de cabelos brancos, barbas compridas, vestindo uma capa marrom escura, esbarrou–o acidentalmente. Em seguida pediu–lhe desculpas e deu–lhe um sorriso com seus dentes amarelados, dizendo que sentia muito orgulho dele. Aquele sorriso pareceu–lhe familiar, mas a figura repugnante não lhe permitiu que sua mente pudesse lhe dar alguma pista de quem pudesse ser. Um transeunte que passava, chamou lhe atenção.

– Ei moço, eu vi quando aquele pedinte colocou a mão no seu bolso. Acho que deve ter roubado alguma coisa do senhor.

Imediatamente Arrener colocou a mão no bolso e retirou um relógio de ouro, com ponteiros azuis e brilhantes afixados no centro, e uma corrente dourada com um pingente de uma águia.

– Meu Deus, é meu irmão!

Tomado por uma forte emoção saiu em disparada correndo no meio da multidão, esbarrando–se e tentando abrir caminho, aos gritos chamava por Agnaldo.

– Agnaldo, sou eu, Arrener, seu irmão. Agnaldo, por onde você andou...

Mas sua corrida foi em vão.Agnaldo havia desaparecido na multidão.

A partir de então, todas as tardes,Arrener, fazia plantão na mesma calçada, esperando que um dia pudesse reencontrá–lo.

CASO FORTUITO

Numa pequena cidade do interior de Goiás o conceituado médico Dr. Arnaldo, inaugurou sua tão aguardada farmácia. A população prestigiou o acontecimento. O delegado chegou atrasado ao evento, pois esperava por seu irmão que vinha da fazenda. Os agradecimentos e discursos se prolongaram por várias horas. Euclides, o irmão do delegado, finalmente chegou. Fazendeiro, rico, astucioso e protegido do irmão delegado. Era conhecido como conquistador e valente nas costumeiras confusões na cidade. Engraçou-se por Kátia, a bela e sensual esposa do médico. Em poucos dias era o assunto na cidade, as fuxiqueiras comentavam:

– Coitado do Dr. Arnaldo, tem uma flor maravilhosa em casa, mas mal sabe ele que se despedaça quando ele vai trabalhar.

A situação se agravou quando dona Maricota, uma das fuxiqueiras, não aguentando mais tanto cinismo, entrou sem avisar no consultório de Dr. Arnaldo e falou-lhe sobre a traição. Em poucos minutos ele estava frente a sua casa com uma arma em punho. As pessoas ao redor incentivavam para que ele tomasse uma atitude de homem. Encorajado por palavras alvissareiras, Dr. Arnaldo arrombou a fechadura da porta com tiros e entrou.

Kátia enrolou–se num lençol de cetim, gritava e pedia socorro, Euclides ainda nu, abriu a janela e ambos a pularam correndo para o carro dele que estava à frente da casa e fugiram.

Dr. Arnaldo sentia–se deprimido por não ter conseguido atingir seu intento. Por várias vezes foi visto em cima da ponte que dividia a fazenda de Euclides e a sua, mas nunca teve coragem de chegar até a casa dos dois traidores.

Certa noite uma forte tempestade causou o transbordamento do rio invadiu a fazenda. O delegado e o prefeito corriam para atender a população desamparada. O delegado foi até a casa do Dr. Arnaldo, que não estava em serviço, implorando que fosse até a fazenda de seu irmão Euclides, pois ele e Kátia haviam sido picados por cobras que invadiram a casa e precisavam do soro antiofídico. Mesmo sendo médico e tendo o soro em sua farmácia Dr. Arnaldo disse que nada poderia fazer.

O Delegado ameaçou–o dizendo que se ele não tentasse salvá–los, faria de tudo para incriminá–lo por omissão. A tempestade tornou–se ainda mais intensa na madrugada com ventos de mais de cem quilômetros por hora. Mesmo contrariado, Dr. Arnaldo decidiu que tinha que cumprir seu dever, afinal era um profissional que salvava vidas.

Quando chegou à cabeceira da ponte, notou que ela estava submersa. Ele ainda tentou atravessar, mas não conseguiu. Algumas pessoas que viram sua tentativa tentaram dissuadi–lo, pois aqueles traidores não mereciam que ele arriscasse sua própria vida para salvá–los.

Finalmente a ponte se rompeu impedindo que ele pudesse cumprir sua missão. O delegado tentou incriminá–lo pela morte do casal, mas a justiça entendeu que ele nada podia ter feito naquelas condições, e que se tratava de um caso fortuito, onde a natureza se encarregou do acontecido.

COAÇÃO

O caminhoneiro Benê, como era chamado pelos amigos, lutava há anos para comprar o seu próprio caminhão, mas a vida difícil e os fretes baixos impossibilitavam–no de realizar este sonho. Certa noite, após o jantar num posto de estrada, foi até a lan house, e como sempre, acessava sites de concessionárias de caminhões, em busca de promoções ou facilidades para aquisição de caminhão, e desta vez uma propaganda chamou–lhe a atenção. Um anúncio informava que um empresário investidor ajudava na compra do caminhão dando a entrada e as prestações ficavam por conta do caminhoneiro, que depois pagaria a entrada com a metade dos fretes que ele mesmo contratava, já que era proprietário de uma transportadora e necessitava renovar a frota.

Benê ficou extasiado. Era a sua grande oportunidade de comprar um caminhão novo e junto um emprego que lhe proporcionasse condições para pagá–lo. Iniciou imediatamente os contatos, agendou a visita e dois dias depois saiu da concessionária com seu caminhão. A entrada de 20% foi quitada pelo empresário e Benê assumiu as prestações conforme combinado.

Nos primeiros meses a situação melhorou e Bene teve condições de proporcionar à família uma melhor qualidade de vida. Apenas um item o contrariava, ele tinha que levar as cargas da transportadora por estradas secundárias, de madrugada e sempre havia desvios da fiscalização. Apesar de preocupado, Benê não tinha autorização para verificar a carga, e com isso sentia-se mais confortável, além disso, seu patrão mostrava-se idôneo.

Numa certa madrugada chuvosa, viajando por uma estrada de terra, seu caminhão atolou, não tinha a quem pedir ajuda e não havia sinal de celular. Calçou as rodas e precisava de algo para servir de alavanca. Abriu a porta trazeira para procurar alguma ferramenta que pudesse auxiliá-lo. Foi neste momento que percebeu a fria que estava metido, após abrir algumas caixas verificou que carga que transportava eram pacotes de maconha e outras drogas devidamente empacotadas. Sem saber o que fazer, fechou a porta e aguardou amanhecer. Um caminhoneiro passou horas depois e rebocou o caminhão de Benê até um posto na estrada. Quando o sinal do celular se restabeleceu ligou para o patrão dizendo que tinha visto a carga e que não queria mais trabalhar para ele.

O empresário foi encontrá-lo na estrada acompanhado de capangas armados, dizendo-lhe que teria que trabalhar, caso contrário exigiria a entrada do caminhão de imediato com juros de 100%, e se não pagasse no prazo seria assassinado.

Coagido e sem opções Benê, que havia assumido a compra do caminhão, não teria condições de continuar pagando, muito menos devolver o dinheiro da entrada. Percebeu que se não concordasse em continuar trabalhando sua família corria risco de vida. A partir de então, passou a trabalhar sob forte stress.

Dois meses depois seu caminhão tombou na estrada. Quando a polícia chegou, apurou a procedência da carga e ele foi preso. O advogado conseguiu um habeas corpus. A polícia já vinha investigando o empresário e com a prisão de Benê foi possível levantar suas atividades ilícitas. A justiça assumiu o caso beneficiando Benê, pois ficou provado que estava sendo coagido.

COAÇÃO II

Vila Dalila, São Paulo, 2004. Luiz era proprietário de um imóvel de oitocentos metros quadrados, na esquina de uma das principais ruas do bairro. Um comerciante de móveis iniciou suas atividades a duzentos metros de sua residência, porém com o tempo foi comprando as casas vizinhas e aumentando seu negócio, até que chegou a hora de negociar com Luiz, que recusou qualquer oferta, pois se tratava da única herança que havia recebido de seu pai. Inconformado, o comerciante reclamava aos amigos que poderia gerar mais emprego para os filhos dos moradores e vizinhos, mas dependia de comprar a casa de Luiz que não aceitava a proposta, mesmo ele oferecendo um bom preço pelo imóvel decadente.

Luiz tinha duas filhas, a mais velha estava cursando o primeiro ano de faculdade. O comerciante tinha um filho complicado que andava pelo bairro e criava muitos problemas. Percebendo o descontentamento do pai, o jovem elaborou um plano com um amigo e aproveitou um final de semana que as moças saiam para a festa da igreja, e lhes ofereceu carona. Houve resistência por parte delas. Enquanto ele tentava convencê–las seu amigo chegou. Era bem afeiçoado e chamou a atenção da moça mais nova. Elas decidiram aceitar a carona e também um convite para tomar um chopp. Entraram no carro e partiram.

O assunto foi se tornando agradável, e elas foram ficando. Eles ofereciam mais bebidas e a noite foi longa.

No dia seguinte elas acordaram por volta das 11 horas da manhã. Perceberam que haviam sido estupradas, seus corpos estavam doloridos, mas como contar para seu pai, se nem mesmo elas sabiam como tudo havia acontecido. Assustadas decidiram calar–se.

Alguns dias depois Luiz recebeu a visita do filho do comerciante mostrando–lhe dezenas de fotos de suas filhas, tiradas num motel do bairro, em situação vexatórias. O rapaz ameaçou espalhar as fotos por toda a cidade e publicar na internet, caso ele não aceitasse a oferta de seu pai.

Só que desta vez o comerciante oferecia um valor irrisório pelo imóvel,alegando que havia outras prioridades de aquisição. Envergonhado e sem alternativa, Luiz aceitou a oferta.

Após a venda Luiz recebeu as fotos comprometedoras, as guardou e nunca tocou no assunto. Dois anos depois as moças descobriram as fotos guardadas num cofre. Ficaram indignadas e entenderam que o pai sofrera em silêncio para protegê–las.

As moças decidiram agir. Providenciaram um gravador, câmeras e microfones e os instalaram no automóvel. Convidaram o filho do comerciante para dar uma volta, insinuando uma possível aventura. Acreditando que iria se dar bem, o jovem aceitou. Iniciou uma bebedeira no carro mesmo, após algumas horas, começou a falar como tudo tinha acontecido detalhando os procedimentos efetuados e dizia ainda que não se arrependia. Mostrava–se indiferente às meninas que o incentivava para contar mais. Ele relatou que havia colocado droga na bebida delas, que as deixaram completamente alienadas e totalmente fora da realidade.

O abuso sexual cominado com a orgia fotografada indicou vício de coação para a venda do imóvel a um preço injusto. Levaram o caso à justiça. Os dois rapazes responderam pelos crimes praticados e o negócio feito foi anulado. Luiz recebeu indenização cujo valor do imóvel foi atualizado pelo valor de mercado e pela avaliação das obras edificadas no seu terreno.

CODICILO

Num quartinho humilde nos fundos de uma antiga casa no bairro de Santa Tereza, no Rio de Janeiro, Elisa, uma centenária, dormia serenamente. Era conhecida por ter sido uma grande atriz na juventude, não se cansava de contar o quanto foi feliz no tempo em que dançava no Cassino do Urca. A vedete famosa, quando jovem, casou-se com Mauro, o proprietário da companhia de danças. Ele era mulherengo e a fez sofrer, mas amava-o, e apesar de seu sofrimento, não deixou que nada atrapalhasse esse amor. Mauro foi acometido por uma doença, e obrigou Elisa a abandonar sua carreira para cuidar dele.

Logo Mauro faleceu e Elisa voltou aos palcos. Fez inúmeros shows que lhe rendeu um bom dinheiro. Viajou o mundo, mas não se interessava por dinheiro, era desprendida e vivia com muita simplicidade.

O tempo passou, a idade chegou. Com mais de cinquenta anos Elisa conheceu Dr. Clóvis, um admirador, que nunca ousou demonstrar sua paixão. Convidou-a para morar numa edícula, nos fundos da casa dele, tornando-se um hóspede permanente. Ali morou por mais de quarenta anos. Ele faleceu e os filhos de Clóvis assumiram a propriedade, mas mantiveram–na intocável.

Todos os dias ela abria a janela do seu quarto. Alguns vizinhos a visitavam com certa frequência. Certa manhã, a janela não abriu.

Um dos netos do Dr. Clóvis que morava na casa, observou a janela fechada e foi procurá–la, encontrou–a morta. Sobre seu leito uma caneta e um papel, onde estava escrito com letras muito tremulas:

"Quero ser enterrada ao lado do meu amor. Minha velha cama quero doar para a igreja, minhas bijuterias para minha amiga Dona Nininha, a roupa que dancei pela última vez quero que fique para Seu Luizinho da farmácia e esposa que tanto me ajudaram. Meus retratos para Lurdinha que passou dias e dias comigo, só para não me deixar sozinha. Meus chinelos para o Toninho da mercearia, que precisa muito. Meus pratos, minha caneca e as colheres, para Dona Lucila, que não enxerga direito. E para todos eles, deixo a minha chave que está pendurada atrás da porta, para que dividam tudo".

Todos os citados na carta de Elisa abriram mão dos presentes deixados pela centenária. Alguns até com certa repugnância se recusaram em tocar nos itens deixados, desprezando sua última vontade.

Uma fogueira pôs fim ao desejo simplório da velha atriz.

O quarto de Elisa ficou fechado por quatro anos, até que um dia uma das netas que se preparava para casar, com intenção de reformar a edícula, entrou no cômodo encontrando a chave atrás da porta e um bilhete empoeirado com caligrafia sofrida: "Isto é para as pessoas que eu amo".

Examinando cuidadosamente obsevou que havia a logomarca de um banco da cidade. Reconheceu de imediato que era uma chave de aluguel de cofre. Munida do bilhete e da chave encaminhou-se ao banco. O gerente levantou os dados e verificou que havia um documento registrado em cartório, que autorizava a quem portasse a chave, o direito de tomar posse do conteúdo do cofre, que eram ações, dólares e joias que valiam milhões.

A Neta do apaixonado Clóvis, foi a felizarda. Com certeza o destino fez justiça com as boas intenções de um admirador que nunca se declarou, mas que tanto amou a famosa atriz.

COMORIÊNCIA

Um caso histórico ocorreu com duas famílias riquíssimas do estado de São Paulo. Paulo e Gabriela casaram-se. Juntaram fortunas e não tiveram filhos. Administravam os negócios onde parentes faziam parte da estrutura do conglomerado. Um acidente no cruzamento da estrada de ferro Mogiana interrompeu para sempre a felicidade do casal. Os herdeiros acionaram a justiça para obter uma maior parte na partilha dos bens. Visto que havia conflitos de interesse entre eles.

O advogado contratado pela família de Paulo apresentou um laudo onde mostrava que o automóvel havia enguiçado na linha do trem, foi abalroado na lateral esquerda onde se encontrava o motorista, com o impacto o carro virou o suficiente para aliviar a pressão sobre o seu corpo. Com a força produzida do trem sobre o automóvel, esmagou sua esposa junto aos trilhos, acrescentando ainda que ela recebeu com violência o peso do corpo do marido, estes fatores são suficientes para concluir que a esposa veio a falecer primeiro.

O advogado de Gabriela, um pouco mais conciso, argumentou que pela violência do acidente que despedaçou o automóvel, Paulo recebeu o impacto do trem em seu corpo, onde não teve tempo suficiente para qualquer reação de defesa, falecendo imediatamente. No prosseguir da ocorrência fatídica, sua cliente que estava aproximadamente oitenta centímetros de distância do motorista, veio a falecer, portanto entende que sua morte ocorreu segundos após a morte do marido.

O experiente juiz requereu um novo laudo que pudessem elucidar o caso. Solicitou que especialistas em trânsito avaliassem o acidente, ainda que profissionais de medicina apresentassem um laudo conclusivo e se necessário até com exumação dos cadáveres. Pediu também que peritos em acidentes se unissem para efetuar a planimetria e fotogrametria, para estabelecer relações interpessoais de tempo e espaço dos condutores e o acidente, com a finalidade de eliminar todas as possíveis dúvidas.

Respeitado os prazos e os laudos apresentados, a justiça chegou à conclusão que seria impossível determinar quem faleceu primeiro. O Juiz presumiu a morte simultânea, sentenciou que a partilha não concedesse privilégio para qualquer uma das partes e que o processo seguisse seu curso normal respeitando todos os pressupostos processuais.

CONTRABANDO

No porto de Vitória um navio dos Estados Unidos chegou carregado de contêineres. A documentação necessária foi apresentada às autoridades. O importador Michel Lineker, um dos mais bem sucedidos empresários de São Paulo, acabara de receber a informação que uma de suas empresas havia vencido uma licitação para duplicação de uma estrada estadual ligando o Espírito Santo ao Rio de Janeiro. O sucesso de seus empreendimentos era cobiçado por muitos empresários.

Sua esposa, Fernanda Lineker, assumiu o comando da administração das empresas ficando com todo o seu dia ocupado. Os trinta caminhões contratados para trazer os contêineres de Vitória para São Paulo iniciaram a viagem em comboio com segurança e apoio logístico. A entrega da mercadoria importada seria numa distribuidora, onde a proprietária era a executiva Andréa Newton. Fernanda estranhou que nesta importação havia sido excluída, por seu marido, para recepcionar a mercadoria como sempre fazia, já que esta era uma de suas obrigações, e assegurar que a importadora recebesse os contêineres com eficiência. Decidiu verificar. Levantou cuidadosamente a documentação e encontrou uma série de falhas. A importação havia sido feita em nome da proprietária Andréa Newton e não em nome da empresa. A entrega seria num sítio fora da cidade e os caminhoneiros foram contratados por uma empresa que não constava em seus registros.

A polícia vinha investigando uma série de importações ilegais e estava prestes a descobrir todo o esquema. Um telefonema anônimo colocou a polícia de prontidão.

Desconfiada Fernanda visitou a proprietária da importadora, Andréa Newton e foi recebida com certa animosidade. Fernanda começou a questionar dados sobre a importação e Andréa, sentindo–se ameaçada desabafou:

– Chega! Não aguento mais tanta pressão. Eu e Michel fomos amantes e tivemos um filho. Nosso relacionamento amoroso terminou há alguns anos, nossas relações hoje em dia são apenas profissionais. Descobri que ele vem desfalcando a empresa, e há dias ele está me chantageando, dizendo que se eu contasse a você ele tiraria meu filho.

Fernanda estava furiosa, no entanto percebeu que Andréa era apenas uma vítima. Unidas decidiram atuar. Armaram uma armadilha onde Michel teria que receber a mercadoria e somente ele poderia executar esta tarefa. Levaram o caso à polícia que preparou um flagrante.

Dezenas de contêineres foram apreendidos e Michel foi desmascarado e enquadrado como contrabandista.

CONTRAVENÇÃO

– Boa tarde, Delegada, o que está acontecendo?

– Oi Francis, pedi que viesse para me ajudar a resolver um caso. Trata–se de um rapaz fantasiado que está internado no hospital da cidade, levou um tiro no pé, nada muito grave, mas se recusa a falar sobre o assunto.

– No que posso ajudar?

– Recebi várias queixas durante o mês, mas não levei muito a sério, achei que fosse histeria coletiva. Vou te contar.

– Sim doutora... Sou todo ouvidos.

– Recebi denúncias sobre um homem, tipicamente estranho, que estava rondando algumas ruas todas as madrugadas. Pontualmente às três da manhã. Ele chama muita a atenção porque se veste de maneira bizarra. Calça botas de couro com salto de madeira, calça verde, camisa vermelha, fraque azul, lenço colorido no pescoço e um quepe na cabeça. Deu pra imaginar o figurino?

– É difícil imaginar. Mas ele cometeu algum delito?

– Não, até agora não. Mas há denúncias de pessoas que estão preocupadas, porque ele tem atitudes estranhas, faz gestos obscenos e tentou entrar numa casa.

– Doutora, há algum circo na cidade? Pode ser que estejam fazendo uma divulgação. Não é comum encontrar uma figura dessas pelas ruas.

– Não Francis, não existe nenhum circo. Eu não recebi nenhum pedido de autorização para segurança.

–E porque ele está internado?

– Levou um tiro no pé, por um morador assustado. Preciso que descubra o que está acontecendo.

– Fique tranquila Doutora, vou investigar. Trago notícias em breve.

Francis visitou o hospital e retornou dias depois com o caso resolvido.

– Bom dia doutora. Tenho notícias. Visitei o rapaz que se manteve em silêncio. Estive nas ruas por onde ele andou e observei que todas as casas tinham equipamentos de segurança, inclusive câmeras e cercas elétricas. O que me chamou atenção foi o estado de conservação desses equipamentos, eram novos, tinham até selos e não tinham marcas da ação do tempo. Entrevistando os moradores comprovei que a maioria dos equipamentos foram instalados há poucos dias. Eu suspeitei de algo e resolvi visitar o Sr. Anderson fornecedor dos equipamentos. Ele tentou argumentar e contar uma história sem nexo para me convencer. Eu percebi que era uma jogada de marketing para vender os equipamentos. O Sr. Anderson copiou esse personagem de um quadro que tem na parede do seu escritório. A ideia era criar uma situação de pânico entre os moradores daquela região e fazer que sentissem necessidade de mais segurança. Gerou um clima de insegurança e perturbação. Diante desse fato Sr. Anderson entrou com a divulgação do seu produto, o que levou a população preocupada a adquirir os equipamentos. O tiro foi provocado por um morador que estava assustado. Portanto, podemos enquadrar o Senhor Anderson no crime de contravenção, e o morador que atirou no crime de tentativa de homicídio.

CRIME CONTRA A SAÚDE PÚBLICA

A bela reforma efetuada na casa do velho Mané trouxe a princípio a tranquilidade no bairro. O abandono de anos era o ambiente perfeito para marginais e desocupados que utilizavam o local como esconderijo e até cativeiro para sequestros relâmpagos. Muros altos, grades nas janelas, sistema de segurança e monitoração de última geração deram o ar da nova fachada. Houve a decepção dos fofoqueiros de plantão, pois ninguém tinha a informação dos novos ocupantes da casa. Pelos portões elétricos somente carros importados com películas escuras entravam e saiam, e impediam a identificação de quem neles estavam.

Antes que se completasse um ano o destino de ser uma casa amaldiçoada retornou. O Drama iniciou na madrugada de 12 de setembro. As sirenes dos carros da polícia acordaram toda a vizinhança. Com armas pesadas nas mãos, os policiais arrombaram os portões. A prisão dos ocupantes do imóvel foi noticiada pela manhã em todos os telejornais. O delegado anunciava que havia desfeito uma das maiores quadrilhas que atuava como fornecedor de produtos hospitalares, que utilizavam produtos descartáveis já utilizados e sem qualquer tecnologia reciclavam e embalavam novamente, vendendo–os como se fossem novos.

As investigações iniciaram quando o Ministério Público recebeu denuncias dos parentes dos pacientes quanto à qualidade dos materiais utilizados, confirmando a enorme contaminação que estavam levando ao óbito muitos pacientes internados nos hospitais públicos da cidade.

A inteligência da polícia acionada chegou aos meliantes após autorização de escuta telefônica, onde foi possível comprovar a participação de um conhecido e influente médico que fazia plantão em vários hospitais, e era o principal articulador do esquema.

Concluindo a investigação, foi comprovado que se utilizavam do imóvel como ponto de distribuição da mercadoria reciclada. Os envolvidos foram presos e condenados por crime contra a saúde pública com agravantes.

DEVER DE CUIDADO

Cartazes espalhados pelas ruas convidavam pessoas com problemas de saúde, desencontros amorosos, dissolução de trabalhos que impedem o sucesso, entre outras promessas bizarras. O fluxo de pessoas para a casa de Madame Estela teve um aumento substancial. Os anúncios eram convidativos e atraíam muitos desesperançosos. Entre elas, minha mãe, que após o casamento dos filhos, ficou com a síndrome do ninho vazio, pois mudamos, eu e meus irmãos, para outro estado. Viúva e aos setenta anos, sem um companheiro, nem parentes próximos, passou a ter problemas comuns da idade. Sentindo-se desamparada, encontrou nestes anúncios uma forma de resolver seus problemas físicos e emocionais. Decidida, agendou um horário.

As palavras de Madame Estela foram perturbadoras. Minha mãe viu-se num dilema, não teria mais que um ano de vida se não iniciasse um tratamento imediatamente. Usando de uma reserva de seu minguado salário de aposentadoria, passou a frequentar a loja de manipulação de "medicina alternativa" que pertencia a família da famosa vidente.

Dias bons e ruins passaram a fazer parte da rotina de minha mãe. Alguns meses mais tarde chamaram–me às pressas. A viagem de ônibus durou mais de dez horas. Ao chegar ao meu destino, deparei–me com um quadro deprimente. Mamãe estava totalmente debilitada, falando desconexamente, e suplicava por dinheiro, já que suas reservas haviam se esgotado. Estava muito ansiosa, pois precisava manter seu compromisso com madame Estela, caso não o mantivesse teria pouco tempo de vida.

Fiquei perplexo. Tomei conhecimento dos detalhes, observei seu comportamento, as orientações que madame Estela passava à minha mãe e não foi difícil deduzir o que estava acontecendo. De posse de alguns frascos contendo resíduos encontrados sob a cabeceira da cama, levei a um laboratório da universidade de São Paulo onde tinha um amigo que se prontificou a analisar. Os resultados foram conflitantes. A indicação prescrita no rótulo nada tinha a ver com as substâncias encontradas no seu interior. O produto era manipulado de forma profissional. O medicamento era personalizado, desenvolvido exclusivamente para atender cada paciente indicado por Madame Estela. A dosagem ideal para ter os efeitos desejados pela manipuladora era exata para criar uma dependência química, que obrigasse seus "clientes" continuar visitando–a pelo resto da vida.

Após a confirmação da suspeita, de posse de provas, a

polícia foi acionada e dezenas de casos foram apurados.

A poderosa, Madame Estela, não conseguiu prever os acontecimentos futuros de sua própria vida. Presa, passou a responder pelo crime praticado.

Eu e meus irmãos fomos adicionados ao processo enquadrado no estatuto do idoso, onde fica claro que o idoso deve ser assistido prioritariamente por sua família, entre outros artigos do mesmo código.

ERRO DE PROIBIÇÃO

Nas férias de verão, Hercílio, um jovem estudante recém–formado desceu de seu automóvel e foi recebido por seu velho pai que o cumprimentou com um beijo no rosto. Entusiasmado Hercílio abraçou a mãe e logo foi contando sobre seu sucesso nos estudos, formara–se engenheiro. Era grato aos seus pais por terem financiado seus estudos. Já tinha um bom emprego e não poderia demorar muito. A visita era somente para matar saudades, trazer boas notícias e descansar alguns dias.

Senhor Antenor, o pai de Hercílio, morava em Mato Grosso do Sul. O velho fazendeiro semianalfabeto tinha uma pequena fazenda onde plantava algumas safras de subsistência, entre outras a plantação de cana de açúcar, que já tinha um comprador definitivo. Durante o jantar, Sr. Antenor reclamou ao filho das dificuldades financeiras que estavam passando, pois tinham automóveis da década de oitenta, que estavam praticamente parados, por serem a álcool e o combustível estava chegando ali com valor superior ao da gasolina, tornando inviável abastecê–los.

Hercílio comentou que na universidade desenvolveram uma mini usina de álcool nos trabalhos disciplinares e extracurriculares, e com alguns ajustes poderia transformá–la em uma usina de combustível.

Com a plantação de cana na fazenda poderia produzir seu próprio combustível. Antenor ficou radiante. Hercílio providenciou todos os equipamentos necessários para a produção do álcool. Dias depois a usina estava pronta. Após colher a cana de açúcar, Antenor assistiu todo o processo de produção e assimilou completamente. Apesar de a produção caseira ser precária, a usina passou a produzir o suficiente para abastecer seus automóveis. Hercílio partiu alegre por ter aplicado parte de seus conhecimentos para resolver um problema de seu pai.

Meses depois Hercílio recebeu uma intimação para se apresentar com urgência em Mato Grosso do Sul. Seu pai estava sendo acusado de produzir álcool combustível sem licença e autorização. A produção já estava atendendo a dezenas de moradores da redondeza. Inquirido pelo delegado, Hercílio afirmou que realmente havia montado a pequena usina, mas o objetivo era atender somente às necessidades de seu pai. Jamais pensou que ele pudesse produzir e vender álcool combustível para os amigos.

Em seu depoimento, Antenor alegou que não sabia que era proibido produzir e vender álcool combustível, sua atitude foi apenas para ajudar seus vizinhos que passavam pelas mesmas necessidades devido ao alto valor do combustível na região. O advogado contratado conseguiu livrar Antenor das acusações, pois foi enquadrado como erro de proibição. A usina caseira foi desativada por Hercílio e tudo voltou a ser como antes.

ESTADO DE NECESSIDADE

O barco navegava calmamente quando um alarme soou. Já era madrugada quando um corre–corre começou:

– Salve–se quem puder!

Nos rios da Amazônia este tipo de acidente tornou–se comum, dezenas de ribeirinhos utilizavam embarcações para viajar para a capital. Um dos mais ricos fazendeiros da região estava a bordo, e ao perceber que a embarcação iria afundar, imediatamente pegou um bote inflável que trazia em suas bagagens. Inflou o pequeno bote, correu para a proa do barco que afundava e jogou–se nas águas escuras e frias. Preparava–se para remar quando algumas pessoas se aproximaram nadando exaustas, pedindo ajuda para subirem no bote, mas ele argumentou que o bote era pequeno e só cabia ele e sua mala.

Os gritos de socorro imploravam para que ele se livrasse da mala e socorresse pelo menos uma criança.

O transtornado empresário não se comoveu. Remou e foi se afastando deixando aquelas pessoas à própria sorte, que incrédulos observavam–no sumir na escuridão.

Dias depois o empresário chegou sozinho ao fórum. Fotógrafos, jornalistas e pessoas da comunidade, acomodaram-se para assistir ao julgamento, onde a sua condenação parecia inevitável.

Após dois dias o juiz leu por três horas, folhas e folhas do processo e ao final o absolveu, alegando que o réu havia agido em rigoroso "estado de necessidade".

Justificou que o bote não suportaria mais nenhuma pessoa, já que ele levava uma mala com dinheiro para pagar o resgate de sequestro que seu filho havia sofrido.

ESTELIONATO

Compareceu a uma instituição financeira em Brasília, um jovem empresário interessado numa linha de crédito para investimento em uma rede de lojas de sapatos femininos. Apresentou documentos registrados na junta comercial, balanços dos últimos três anos, faturamento compatível com o valor solicitado, projeto de adequação aprovado para as novas filiais, cópias da declaração do Imposto de Renda. Agendou uma visita onde o gerente pôde conhecer a loja instalada na Asa Norte, a suntuosidade do lugar caracterizava um projeto de sucesso, além da apresentação dos canais de venda pela Internet e feiras de grande porte em todo Brasil.

A solicitação de 200 mil reais atendia os parâmetros requeridos pelo Banco. Em consulta ao sistema do Banco Central verificou−se que vários bancos haviam emprestado a mesma quantia nos últimos sessenta dias. Uma especialista em Pessoa Jurídica assumiu a análise da documentação. Enquanto o pedido de limite foi solicitado para diretoria que aprovou de imediato, porém condicionado ao parecer da perita.

O primeiro ponto em desacordo foi levantado no CRC, Conselho Regional de Contabilidade, que não encontrou o nome e nem o número de inscrição do contador que assinou os balanços. Em seguida levantou na junta comercial a inscrição original datada de 1992. Desde essa data a empresa havia passado por diversas alterações, como açougue, armarinhos, lanchonete, autopeças, cursinho para concursos, clínica de estética, e a última alteração para loja de sapatos.

Além disso, o número protocolado das alterações cadastrais não conferiam com os registrados na Junta Comercial. O CPF do sócio-proprietário foi confeccionado em Minas Gerais e tinha uma numeração muita baixa, caracterizando que fora emitido há muitos anos, ele era jovem, não se ajustava. Após apuração do CPF apresentado identificou-se que o detentor do mesmo era falecido. O título de eleitor era do Maranhão, o RG de São Paulo. Não havia alvará de funcionamento para a loja de calçados.

Foi pedido ao cliente a documentação do seu automóvel, ele argumentou que não possuía, tinha o hábito de alugar, pois saía mais barato. Na declaração do Imposto de Renda apresentada, não possuía imóveis e nem havia registrado a empresa. Sua casa era alugada e fazia apenas três meses que morava naquele endereço.

A documentação do outro sócio apresentou ainda mais gravíssimas anormalidades. A perita chegou à conclusão que se tratava de uma simulação para auferir lucros, dar um golpe.

Com a confirmação destas irregularidades, a polícia foi informada dos fatos e numa batida de rotina prendeu em flagrantes dois motoristas que desembarcavam de madrugada mercadorias de dois caminhões roubados em São Paulo. O proprietário não se encontrava e desapareceu deixando um prejuízo de mais de 1 milhão em outros bancos da cidade.

ESTUPRO DE VULNERÁVEL

O velho Sebastião Ambrosio, conhecido Tião, fazendeiro rico com centenas de hectares de terra, exportador de soja, milho, e recentemente investiu na cana, para produção de álcool e açúcar. Era casado e tinha duas filhas que estavam noivas e pretendiam deixar a fazenda logo que se casassem. Encantou-se pela jovem Elisabete filha de seu mais antigo funcionário, Antônio Silva, que trabalhava na lavoura e morava num barraco à beira do rio. Quando Elisabete nasceu, foi oferecida para que Tião a batizasse, mas foi escorraçado da casa grande pelo fazendeiro. Porém, a menina transformou-se em moça, e sua desenvoltura o atraiu de tal forma que elaborou um plano para tê-la de qualquer jeito.

Chamou Antônio para uma conversa onde lhe ofereceu uma pequena fazenda de quatro hectares. Em troca queria namorar sua filha às escondidas. Dizia que precisava ter um filho homem, para no futuro assumir todos os seus negócios.

Antônio, homem simples viveu na roça desde a infância questionou se isso era legal. Recebeu afirmações convincentes do patrão. Tentou recusar, dizendo que a menina ainda era muita criança e não tinha nenhum estudo ou entendimento para assumir um relacionamento. Percebendo que a situação estava saindo do seu controle, o rico e desonesto fazendeiro, propôs um contrato de cessão da terra prometida, caso a menina lhe desse um filho, mas tinha que ser um filho homem. Caso nascesse uma menina, o contrato seria desfeito e o relacionamento seria terminado.

Apesar de contrariado Antônio viu uma oportunidade de melhorar sua condição de vida. Levou o assunto para a menina, que apesar de assustada, aceitou a proposta do pai, pois nunca havia o contrariado.

Tião reformou a casinha da fazenda. Antônio e a menina mudaram imediatamente. As noites eram longas. Diariamente Tião comparecia e sem pudor abusava da inocência da menina e da boa fé de Antônio. Em pouco tempo Elisabete engravidou. Fora uma gravidez de alto risco. Aos oito meses nasceu uma franzina menina. As complicações do parto provocaram sequelas que eliminaram definitivamente a possibilidade de uma nova gravidez.

Quando Tião ficou sabendo que nasceu uma menina, adentrou a humilde casa de Antônio, levando em mãos a cópia do contrato. Revoltado, jogou os papéis sobre a humilde mesa e gritou:

– Sua filha não presta para nada! Gerou uma menina

e ainda não pode mais ter filhos. Quero que a tire do hospital e sumam da minha vida para sempre. Antônio tentou argumentar, que a menina era sua filha e Elisabete precisava se recuperar. Mas não houve compaixão.

– Saiam daqui imediatamente, senão ponho meus homens para retirá–los a força daqui.

Quando chegou ao hospital para visitar a filha, Antônio foi recebido pelo médico responsável pelo parto que ouviu toda sua história. O médico percebeu que estava diante de um homem desesperado e inocente. Impressionado com a situação clamou as autoridades que providenciaram os trâmites para que a justiça fosse cumprida.

O velho Tião foi condenado por diversos crimes, houve a nulidade do contrato, e o filha de Elisabete passou a ser herdeira de Tião.

EXCESSO DE LEGÍTIMA DEFESA

Um assalto a um banco estava em plena execução quando a polícia foi acionada. Dr. Gledson acompanhado de seus policiais cercaram todo quarteirão. As casas e as lojas foram evacuadas, somente Dirceu, dono da loja de fogos de artifícios, ao lado da agência, se esquivou dos policiais e se trancou no depósito. Funcionários e clientes da agência se tornaram reféns. Os marginais diziam ser profissionais e não aceitavam nenhum acordo. Amarraram os reféns uns aos outros e saíram da agência usando-os como escudos humanos. Com armas em punho, tiros e gritos, inibiriam qualquer reação da polícia que estava receosa em ferir inocentes.

Durante a ação criminosa o chefe do bando tropeçou. Imediatamente um atirador de elite acertou um dos meliantes que soltou a corda que segurava os reféns e um tiroteio se fez presente. Desnorteados, em meio aos tiros, os reféns correram cada um para um lado. O chefe do bando atirou em direção ao vidro da loja de fogos de artifício, abrindo caminho correu em sua direção entrou na loja, protegido pelos pilares atirou em direção aos policiais.

Alguns reféns saíram levemente feridos, mas os meliantes não tiveram a mesma sorte. Somente o que se refugiou estava vivo. Um dos funcionários da loja de fogos contou aos policiais que Sr. Dirceu, o proprietário, estava lá dentro.

A polícia ordenou que ninguém invadisse, porém faria de tudo para prender o marginal e manter a vida de Dirceu. O marginal sabia que seus comparsas estavam mortos e receava por sua vida. Tentaria de toda maneira escapar com vida.

Ao abrir a porta do depósito o marginal se deparou com Dirceu. Ele estava aterrorizado e segurava um rojão. O marginal apontou-lhe a arma obrigando-o a largar. Agarrou-o fortemente pela garganta e gritava que estava com um homem e o mataria se houvesse qualquer movimento por parte da polícia. Dirceu sabia que os policiais não deixaria o marginal sair vivo, então decidiu arriscar. Deu-lhe uma cotovelada na barriga empurrando-o em seguida. O marginal, pego de surpresa, desequilibrou-se e caiu deixando sua arma escapar-lhe das mãos e caiu entre as caixas de fogos de artifício. Ferido e sem esboçar qualquer reação, tentava encontrar o ar para respirar, pois sentia dificuldades devido à cotovelada.

Para evitar que o ladrão escapasse Dirceu pegou um fósforo do bolso acendeu e atirou no depósito que tinha pólvora por todos os lados.

Em poucos segundos, explosões, luzes e fumaça encobriram os dois. Dirceu conseguiu correr até a porta, com muitas queimaduras gritava por socorro. O marginal tentava se levantar, mas foi sufocado por explosões em sequências que derrubou as paredes e levou ao ar centenas de fogos de artifícios iluminando à tarde.

Parte da agência bancária e das casas dos vizinhos foram afetadas. Metade do quarteirão veio abaixo. A vida de Dirceu estava salva. Queria acreditar que não passou dos limites, pois a chance de pegar a arma e dominar o meliante era muita arriscada, por estar sob pressão seu discernimento estava afetado. Acreditava que tinha feito a coisa certa.

EXPLORAÇÃO DE MENOR

– Doutor, todas as noites acordo aos gritos, o mesmo pesadelo insiste em me acompanhar, preciso de ajuda, preciso descansar, não aguento mais esta tortura.

– Tenha calma, estamos aqui para ajudá–lo, vamos partir do início, conte–me como tudo começou.

– Lembro–me como se fosse hoje Doutor, morávamos em Paragominas no Pará. Meus pais eram muito pobres, tinham oito filhos para criar e estavam desempregados. Certo dia ele foi convidado pelo Sr. Eleutério, um dos principais carvoeiros da região, para trabalhar em sua carvoaria. Ofereceu–lhe uma casa, na verdade uma humilde e precária tapera, incrustada no centro da produção do carvão, cobrava um pequeno aluguel e vendia comida fiado do seu próprio armazém. Na verdade "o carrasco" estava de olho na força produtiva das oito crianças. Meu pai entendendo ser uma ótima oportunidade para trabalhar, convidou meus tios que estavam em situação ainda pior, somando as crianças chegamos a vinte e duas, entre três meses a quinze anos. A alegria dos primos juntos era algo contagiante, não tínhamos noção do perigo, brincávamos e corríamos entre as madeiras e os fornos de carvão que cercavam toda a propriedade. Esta alegria só era interrompida quando ouvíamos gritos que vinham das carvoarias vizinhas. Sr. Eleutério percebendo que ficávamos assustados, logo dava um jeito de nos distrair e não deixava que aqueles berros de dor nos contagiassem. Em pouco tempo todos nós estávamos novamente envolvidos no trabalho, recolhendo fardos de madeiras para alimentar os fornos. Brincávamos com o pó do carvão, pintávamos nossos rostos e fazíamos caretas. As gargalhadas se estendiam por toda noite. Mas não demorou muito para que o ar de parque de diversão terminasse, o monstro da dor atravessou nosso caminho e antes que pudéssemos dar conta do perigo o inferno se abriu aos nossos pés. Lindalva minha irmã de dez anos, com sonhos de ser modelo por sua beleza rústica, viu desmoronar seu castelo dourado. Atravessou uma tábua de madeira, que estava por cima de uma montanha de pó e serragem, como se estivesse desfilando para as outras crianças. Ela caiu, pisou no pó e afundou. Quando percebi só pude vê–la envolvida nas brasas incandescentes pedindo socorro. Ela tentava sair do braseiro que queimava no subsolo. Corri em sua direção e como um verdadeiro milagre, consegui alcançá–la, não sabíamos o que fazer então a envolvi em água fria. O desespero tomou conta de nós, todas as crianças gritavam e choravam até abafavam os gritos de dor de minha pequena irmã que agonizava. Acomodei–a numa carroça e a levamos para o hospital da cidade e seu estado era grave. Enquanto isso Sr. Eleutério cobrava mais trabalho e meu primo de três anos foi para frente de trabalho, pois tinha que substituir Lindalva. O circo de horror não terminava. A cada dia acontecia um pequeno acidente aqui e ali. Era comum ver meus primos com os dedos das mãos e dos pés queimados. A fumaça que exalava das profundezas intoxicavam a todos, meu velho pai foi o primeiro a cair de cama sem poder respirar e não havia nada que minha mãe pudesse fazer. Certa noite ele não resistiu, e veio a falecer. Sr. Eleutério construiu diversos fornos menores que o tradicional, adaptando para as crianças alegando que teríamos melhores condições para trabalhar e ajudar no sustendo da família, principalmente depois da morte de meu pai, já que tínhamos que pagar as dívidas do armazém e do aluguel. Nosso drama só estava começando. Pedrinho meu primo de quatro anos desapareceu, seu corpo tombou dentro de uma caieira. O socorro demorou a chegar, seu estado era crítico, ficou em estado de coma por vários meses, enfim se recuperou, mas ficou inválido. Meses depois comecei a ter problemas de visão. Segundo os médicos, o calor constante do lugar, a radiação infravermelha contida na chama do carvão provoca catarata e numa criança pode chegar à cegueira. Infelizmente Doutor este foi o meu caso. Antes de completar dezoito anos perdi a visão, mas antes que isso acontecesse pude presenciar meus primos com problemas respiratórios, e deficiência física. Presenciei o falecimento de meu pai e meus dois irmãos por doenças que não conseguimos diagnosticar. Dos vinte e dois primos apenas dois conseguiram estudar e se formar. São médicos e hoje trabalham em Paragominas. Voltaram para lá só para cuidar das crianças que continuam trabalhando nas carvoarias, que continuam produzindo uma nova geração de mutilados e órfãos dos carvoeiros. Doutor esta é minha história. Paragominas fica a 322 km de Belém, muitos pedem socorro. As crianças ainda vivem este pesadelo, que também me acompanha e que um dia tem que acabar. Ajude–me Doutor, todas as vezes que recebo notícias que uma nova criança se acidentou nas carvoarias, meu drama volta a atormentar minha vida. Precisamos levar este flagelo às autoridades, pois as crianças de Paragominas e daquela região pedem socorro.

FIADOR

Quando o oficial de justiça entregou a intimação ao Sr. José, foi um verdadeiro reboliço na pequena casa número 4 no Ipiranga. Logo a vizinhança ficou sabendo e procuravam acalmá-lo, com certeza era um engano. A pressão arterial subiu e a vertigem o acometeu. Sr. José nunca havia passado nem perto de uma delegacia e agora aos setenta anos de idade, era chamado a justiça.

Um amigo apresentou-lhe o filho advogado, que prontamente levantou o caso e trouxe a notícia. Por ser avalista de um parente num contrato de um aluguel, ele estava sendo executado para honrar o dever que assumiu.

Não entendia por que. Já que acreditava que a pessoa de quem fora avalista era idônea, e a imobiliária não havia lhe comunicado sobre nenhum atraso nos pagamentos. Sr. José nunca pôde esperar por uma situação como esta. Quando fora intimado já havia passado alguns meses e ele não tinha condições de arcar com o valor acumulado, além dos juros contratuais.Vivia de sua aposentadoria.Tinha um único imóvel, que comprou nestas sete décadas de vida.

Uma reunião com o devedor piorou ainda mais a saúde do Sr. José. Ele perguntou por que não havia pagado o aluguel. O devedor, cinicamente, argumentou que tinha outras prioridades, e ele como seu avalista tinha a obrigação de arcar com a despesa, conforme o contrato que assinou.

Sr. José andava de um lado para o outro, desorientado.

– Você não podia ter feito isso comigo.

– Eu é que não estou entendendo, senhor José! Disse o devedor. – É para isso que serve um avalista. Foi por isso que eu escolhi o senhor, para assumir este compromisso, caso eu não pudesse pagar.

Sr. José saiu da reunião e foi direto para o hospital, onde ficou uma semana internado.

A justiça, inclemente, não aceitou as argumentações do septuagenário Sr. José, e impôs o que determina a lei, onde descrimina que pelo contrato de fiança, uma pessoa garante satisfazer ao credor uma obrigação assumida pelo devedor, caso este não cumpra.

A solidariedade dos familiares e amigos acrescido da venda de um fusca 1959 contribuíram para quitar a dívida.

Uma ação de sub–rogação não alcançou êxito.

Sr. José veio a falecer meses depois sem se recuperar do choque de ter sido executado.

IMPRUDÊNCIA

Mary e Cristina eram amigas inseparáveis. Combinaram de se encontrar numa loja de porcelanas finas das mais caras da cidade. Enquanto admiravam alguns cristais, conversavam sobre a recente separação de Cristina, que ainda não havia assimilado sua nova situação. Marcelo andava deprimido com a separação e nos últimos dias estava rodeando Cristina para uma possível conciliação. Passava na avenida e viu o carro de Cristina em frente à loja.

Parou, entrou e chamou Cristina para conversar, ela lhe disse que ali não era hora nem lugar. Marcelo ficou nervoso e começou a discutir. Mary tentava apaziguar, mas o clima esquentou e Marcelo arrastou Cristina pelos braços para saírem da loja. O gerente observou o clima e tentou argumentar. Marcelo estava descontrolado, ameaçou arremessar um vaso de cristal contra o gerente. Tentando impedir Cristina colocou–se á frente do gerente e Mary enfiou um balde de gelo em sua cabeça.

Marcelo perdeu o equilíbrio e tropeçou num tapete caindo sobre uma prateleira carregada de cristais que num efeito cascata derrubou outras provocando um verdadeiro prejuízo, cristais e porcelanas ficaram em pedaços.

A polícia chegou e levou todos os envolvidos para esclarecimentos. O lojista levou o caso à justiça e foi ressarcido do prejuízo.

Marcelo foi responsabilizado civilmente, por não avaliar os riscos que corria naquele lugar ao tentar agredir a ex–namorada e o gerente.

IMPRUDÊNCIA OU IMPERÍCIA?

Dr. Euclides, cirurgião de respeito, avesso a festas e badalação, convidou seu irmão Plínio, gêmeo idêntico, para assumir seu lugar num evento de caridade onde receberia um prêmio. Plínio também estudou medicina, mas não concluiu o curso. Desde criança se divertiam quando eram confundidos e passaram a utilizar desta confusão para conveniências próprias. Plínio, ao contrário de Euclides, adorava ocasiões festivas e decidiu ir no lugar de seu irmão.

Assim que chegou ao evento recebeu as homenagens e circulou entre amigos e conhecidos. Todos queriam cumprimentá-lo e tirar fotos ao seu lado. Só não esperava ter que prestar socorro. Um convidado passou mal e ficou desacordado. Plínio tinha noções de alguns procedimentos da medicina. Prestou os primeiros socorros e percebeu que o homem não respirava. Lembrou-se de ter assistido uma traqueostomia num congresso e sabia que o caso era semelhante. Chamou por socorro que demorava a chegar. Como chamaria outro médico para socorrê-lo se todos pensavam que ele era o médico? Decidiu então fazer a traqueostomia. Justificou aos presentes que era um procedimento simples, faria um corte na garganta para garantir a passagem de ar. O procedimento assustou a todos, pois foi feito artesanalmente com uma tesoura improvisada. A ambulância ainda não havia chegado e infelizmente o homem piorou.

As atitudes de Plínio levantaram suspeitas, pois Dr. Euclides era conhecido e admirado por sempre ser extremamente cuidadoso. Alguém desconfiou das atitudes do "médico" e um burburinho tomou conta do evento. Sem alternativas Plínio ligou para Euclides e pediu que viesse até o local para tentar salvar aquele homem. Euclides apareceu momentos depois, ainda tentou salvar o convidado, mas era tarde.

Os fatos ali revelados foram levados à justiça. Plínio foi condenado já que seu conhecimento de medicina não foi suficiente para realizar com sucesso um ato cirúrgico que teve um desfecho fatal.

INCAPAZES

A comunidade da igreja evangélica do bairro adquiriu uma casa numa rua de terra batida para construção de sua sede. Aluísio e sua família moravam na casa há mais de quinze anos e pagavam aluguel regiamente. Ele não foi informado sobre a venda do imóvel, e diante dos novos compradores viu–se forçado a se mudar. Iria procurar uma casa por ali mesmo, já que trabalhava a 400 metros, como vigilante numa clínica para doentes mentais.

O proprietário da clínica sensibilizado com a situação de Aluísio arrumou uma edícula para a família, até que pudessem alugar uma nova casa. Alexandre, o filho mais velho de Aluísio, estava para completar 16 anos. Acompanhou a derrubada do humilde imóvel que tanto amava e viu um imponente prédio ser erguido, cuja fachada era de aproximadamente três metros de altura, pintada de amarelo ouro. A beleza do prédio contrastava com a precariedade do bairro que ainda tinha muitas ruas sem asfalto.

No dia da inauguração da igreja choveu como nunca. A rua sem asfalto tornou–se um verdadeiro lamaçal. Alexandre acompanhava a chegada dos fiéis que não se importavam com o temporal. Dezenas de automóveis atolaram e algumas crateras se formaram. Mesmo assim lotaram a igreja e o culto começou.

Alexandre convidou três internos da clínica para conhecer a igreja. Ainda não se conformara de ter sido praticamente expulso da casa que tanto amava. Chegaram de mansinho e Alexandre teve uma ideia. Olhou para o chão enlameado e começou a fazer uma bola de lama. Olhou para os internos e sorriu. Eles entenderam o recado. Começaram a fazer bolinhas de lama e atirar nas paredes da igreja que ficou imunda. Outras crianças que moravam na região participaram da farra e a situação ficou sem controle. Algumas pedras foram atiradas quebrando vidraças e ferindo alguns fiéis.

Homens, mulheres e crianças corriam desorientados para fora da igreja. Escorregavam na rua enlameada, caiam e se machucavam.

O Pastor conhecia todos os baderneiros da rua, porém não entendeu as razões para aquele vandalismo. Mesmo chocado com a participação de menores e doentes mentais levou o caso à justiça, exigindo reparações no prédio e indenização aos feridos.

A justiça após avaliação do processo e ouvir as partes decidiu que os pais dos menores e os tutores dos doentes mentais teriam a obrigação de indenizar as vítimas pelos prejuízos provocados.

INDUZIMENTO A ESPECULAÇÃO

Jeremias era filho único. Trabalhava como representante comercial e viajava frequentemente por todo país. Sua mãe tinha 80 anos e apresentava necessidade de cuidados. Ele precisava trabalhar e não podia contar com a ajuda de ninguém. Decidiu então interná–la numa casa de repouso. Teve o cuidado de procurar a melhor, com referências. Encontrou uma com ótimo aspecto. Dona Iná foi bem recebida em seu novo lar.

Ele sentia muita saudade, ligava diariamente para saber como ela estava passando. Certa noite assistia ao jornal da noite num quarto de hotel em Cuiabá que apresentava uma reportagem sobre os mendigos que circulavam as praças e ruas de São Paulo. A reportagem dava ênfase ao aumento de idosos, na maioria, abandonados pela família. Um repórter acompanhou um grupo de idosos que se recusava a falar. Mas uma senhora de aproximadamente 80 anos se aproximou e pedia gentilmente que ele não fizesse a reportagem, pois poderia prejudicar muitos dali. A fala mansa, os pensamentos coordenados e a disposição de argumentar chamou–lhe a atenção. Se não soubesse onde sua mãe estava naquele momento poderia jurar que era ela. Mas observava a reportagem e entendeu que realmente era a sua mãe que estava lá.

Ligou para ela que disse estar na casa, que jamais saíra de lá, certamente era uma sósia. Jeremias falou com o dirigente da casa que confirmou que ela nunca saiu dali. Apesar dessas confirmações, Jeremias via sua mãe na reportagem. Entrou em contato com a emissora de TV, falou sobre a reportagem e garantiu que sua mãe nunca saiu da casa de repouso, mas aquela mulher era sua mãe. Informou que tomaria providências e denunciaria qualquer irregularidade da emissora. Essa discussão levou a equipe da TV a investigar aquele caso.

Providenciaram uma câmera oculta e se instalou nas proximidades da casa de repouso. Após trinta dias de filmagens confirmou–se uma série de irregularidades.

Jeremias estava ciente da investigação e aguardava informações. Uma van lotada de idosos saía da casa diariamente. O automóvel da emissora a seguia discretamente e flagrou os idosos sendo espalhados pela cidade onde iniciavam a mendicância. A polícia foi chamada e todos foram recolhidos.

Jeremias foi chamado para comparecer à delegacia onde encontrou sua mãe. No boletim de ocorrência ficou registrado que a casa de repouso estava abusando da inexperiência, simplicidade e da inferioridade mental de alguns idosos, em benefício próprio. Apurou–se que os idosos eram levados para os bingos da cidade sobre o pretexto de recreação e de se divertirem, porém eram obrigados a gastar suas aposentadorias em apostas, quando ganhavam davam 70% para casa, no entanto, quase sempre perdiam e eram obrigados a pedir esmolas nas ruas para recuperar o valor perdido.

Enquadrados no artigo do código penal os diretores da casa foram condenados, e os idosos novamente realocados.

INDUZIMENTO AO SUICÍDIO

Marcelo, um jovem que encontrou nas drogas um meio para aliviar suas tensões, saiu de sua terra natal para estudar na capital, mas não estava conseguindo acompanhar a vida acadêmica. Seu pai, acreditando no seu bom desempenho, enviou Ricardo, seu irmão mais novo, pois ele havia passado no vestibular e também iria iniciar seus estudos. Logo nos primeiros meses Ricardo observou que seu irmão não estudava e nem trabalhava. Tentou persuadi–lo a continuar os estudos, mas não houve êxito. Uma noite enquanto dormia, Marcelo trouxe uma jovem para seu quarto, e uma overdose mudou o rumo de suas vidas. A moça parou de respirar, Marcelo, totalmente alienado, não observou que a menina passava mal. Antes do amanhecer Ma–celo acordou e tentou reanimá–la, mas não conseguiu. Sabendo que ela era menor de idade e haviam mantido relações sexuais, sua situação poderia ficar insustentável.

Com cuidado levou–a até o quarto de seu irmão e a colocou calmamente na cama de Ricardo, que dormia profundamente. Saiu de casa e foi ter com amigos, para que sua presença fosse notada, por comerciantes e policiais que faziam a ronda no bairro. Cumprimentava todos e dizia que estava cansado, pois havia trabalhado a noite toda.

Enquanto se aproximava de sua casa, a polícia estava retirando o corpo da menina e seu irmão algemado aguardava para ser levado para a delegacia. As coisas se complicaram. A menina só tinha quinze anos. Ricardo foi acusado de estupro. A polícia acreditava que ele induziu drogas à moça para se aproveitar. Ricardo ficou totalmente desorientado.

Marcelo viajou para a casa do pai para contar sua versão sobre o que estava acontecendo, porém encontrou seu pai enfartado em péssimas condições. O estado de saúde de seu pai piorava, e ele soube que herdaria uma boa herança, tendo que dividi–la com Ricardo.

Dias depois seu pai faleceu. Marcelo retornou para capital e não contou nada a seu irmão, que continuava na cadeia.

Ricardo passava por maus bocados, fora violentado por outros presos, piorando ainda mais seu estado emocional que estava totalmente abalado.

Um advogado conseguiu um habeas corpus, e ele voltou para casa. Marcelo começou a induzi–lo. Dizia que sua vida corria perigo, pois agora era considerado um estuprador e assassino. Seria julgado e condenado e passaria o resto da vida sendo abusado por prisioneiros, podendo até mesmo ser assassinado a qualquer momento, já que os outros presos que não admitiam estupradores, principalmente de menores. Marcelo começou a escrever cartas anônimas, dizendo que quando voltasse para a cadeia seria morto.

Ricardo estava assombrado com os últimos acontecimentos e ainda não soubera da morte se seu pai. Marcelo dizia que não sabia até onde poderia esconder sobre sua prisão, pois com certeza seria um choque para ele.

Dias depois Ricardo recebeu a intimação que deveria se apresentar ao juiz. Marcelo lhe informou que falou com seu pai e ele, decepcionado, teve um infarto e faleceu. Dizia que Ricardo teria que por um fim em sua vida, se não quisesse sofrer como um cão.

Sentindo–se pressionado Ricardo, foi até seu quarto, pegou as cartas e saiu de casa. Subiu até o último andar do prédio e se atirou no vão livre se estatelando no pátio.

Quando o resgate chegou encontrou no bolso do rapaz, os bilhetes de Marcelo que o instigavam a tirar sua própria vida, antes que os presos os fizessem.

Marcelo foi preso. Confessou seu crime e também foi condenado pelo suicídio de Ricardo.

INIMPUTÁVEIS

Chegou à justiça o caso dos irmãos Marques. Estavam sendo mantidos encarcerados, por terem ferido gravemente dois policiais que estavam no estrito cumprimento do dever legal, na busca e apreensão por drogas numa fazenda do interior da Bahia, após uma denuncia anônima, que informou que havia mais de 45 mil pés de maconha plantados.

A justiça determinou uma ação policial para erradicar a plantação e prender os responsáveis, após receber informações que o proprietário da fazenda estava providenciando em caráter de urgência a colheita e armazenamento da erva num galpão. Os dois policiais precisavam se apressar, antes que dessem fim na safra, eliminando as provas. Partiram para cumprir a missão.

Ao se aproximarem da fazenda viram algumas pessoas fugindo logo que atearam fogo no galpão. O incêndio se alastrou rapidamente. A fumaça espessa encobriu todo o local em questão de minutos. Dois funcionários da fazenda apareceram armados de ferramentas, envoltos pela fumaça ficaram dopados e não permitiram a aproximação dos policiais, atirando as ferramentas que traziam nas mãos, desferindo–lhes vários golpes, entraram no galpão em chamas e lá se fecharam.

Os policiais armados arrombaram o portão e também entraram. O calor era intenso. Viram os dois funcionários e observaram um comportamento estranho. Andavam em círculos com enxadas, pás, brincando e sorrindo, mas estavam distraídos, então foram dominados e presos. Os proprietários da fazenda desapareceram.

O rito processual caminhava de forma lenta, enquanto os dois rapazes cumpriam prisão, sendo imposto a eles uma série de crimes que os condenariam por muitos anos. Um jovem advogado recém–chegado de São Paulo ficou sabendo do caso. Diante de uma avaliação e das informações que corriam de boca em boca, o advogado teve elementos necessários para livrá–los da cadeia. Entrou com uma ação de Inimputabilidade.

Esta demanda revoltou os policiais. Ao receber o pedido de Habeas Corpus, o juiz foi obrigado a liberá–los, pois estavam amparados na lei que dizia ser isento de pena o agente que por embriagues completa proveniente de caso fortuito, força maior ao tempo da ação ou omissão, eram inteiramente incapazes de entender o caráter ilícito do fato, ou determina–se de acordo com esse entendimento, que a queima da folha da maconha produz na pessoa alguns efeitos físicos e mentais comprovados e aceitos no ordenamento jurídico pátrio. Tais problemas são: memória prejudicada, confusão entre passado, presente e futuro, sentidos aguçados, mas distorcidos da realidade, desequilíbrio físico, perda da coordenação, aumento dos batimentos cardíacos, dificuldades de se concentrar, de pensar e de resolver problemas simples, entre outros efeitos colaterais, que com certeza enriqueceriam ainda mais a petição.

O advogado apresentou documentos técnicos, que comprovavam que o volume excessivo de fumaça devido à queima da folha da maconha, concentrou mais de quatro mil elementos nocivos que deixaram os rapazes totalmente incapazes de compreender o que estavam fazendo.

O jovem advogado juntou no processo que os irmãos Marques haviam sido contratados através de uma empresa de segurança onde apresentavam um excelente currículo, não tinham nenhuma ocorrência policial e era o primeiro dia de serviço, e ainda não tinham conhecimento da ação ilícita dos proprietários da fazenda.

INTIMIDAÇÃO

O casamento foi celebrado com muita pompa, juras de amor que antes eram normais, tornaram-se abundantes. Planos para o futuro e promessas de amor eterno. Durante os primeiros meses de casados planos mirabolantes estavam sendo colocadas em prática, promoções no trabalho, novos desafios e logo três filhos vieram completar o cenário de felicidade.

Klécio era um pai amoroso. Márcia formara-se em Direito e além de trabalhar dignamente num escritório, controlava todos os afazeres do lar, mas uma crise no mercado financeiro deixou Klécio desempregado. O tempo passou e ele não conseguia se realocar no mercado de trabalho. Sentia-se deprimido e seu comportamento começou a mudar. Tornou-se impaciente e violento. Márcia começou a notar manchas no corpo dos filhos, questionava, mas os meninos diziam que haviam caído. Perguntava ao marido sobre as manchas dos meninos e ele sempre tinha uma boa desculpa.

Certa noite antecipou sua chegada em casa e encontrou

seu marido transtornado. Os meninos estavam chorando, antes mesmo de falar qualquer coisa recebeu diversas bofetadas. Klécio era forte, e ela não teve chance para se defender. Depois que a raiva passou Klécio pediu mil desculpas.

Márcia jurou a si mesma que não permitiria que as agressões continuassem e garantiu que não mais aconteceria. No dia seguinte não foi trabalhar. Saiu cedo para fazer compras. Preparou excelentes pratos para o almoço. Colocou seus filhos estrategicamente sentados a mesa e Klécio sentou-se ao seu lado. Márcia os serviu e o tratou como se nada tivesse acontecido.

Klécio estava sem jeito, não conseguia olhar em seus olhos. Quando ele ia dar a primeira garfada ela comentou:

– Você não vai acreditar Klécio, encontrei um rato rodando nossa cozinha, aproveitei minha ida ao supermercado e comprei isto aqui, veneno de rato, o vendedor disse que uma pequena porção é o suficiente para exterminá-lo. Olhou bem dentro dos olhos dele e continuou.

– Eu não posso deixar que um rato venha colocar em risco a felicidade de nossa família, você não acha?

Klécio arregalou os olhos e não teve coragem de argumentar. Pegou o garfo com alimento e deu para seu filho experimentar. Não vendo nenhuma reação por parte de Márcia, alimentou-se. Passou a controlar seus ímpetos, arrumou um novo emprego e voltaram a viver com certa harmonia, apesar de conviver sempre com a desconfiança que poderia ser envenenado. E para se assegurar fazia os filhos comerem primeiro.

LEGÍTIMA DEFESA PUTATIVA

Em Limoeiro na Bahia o jovem Severino aterrorizava a comunidade local. Filho de importante fazendeiro da região era sempre absolvido e liberado quando preso. Sr. Anésio, vizinho e conhecido desafeto do fazendeiro, estava efetuando suas compras do mês no mercado da cidade quando Severino entrou com sua jaqueta preta de zíper prateado, colar de ouro com um medalhão à vista. Esbofeteou o pobre homem ameaçando–o de morte caso não começasse a pagar uma propina mensal para circular pela cidade. Certo que a justiça poderia ajudá–lo Sr. Anésio levou o caso ao delegado, que simplesmente não lavrou o boletim de ocorrência e o expulsou da delegacia dizendo que se voltasse ali com calúnias sobre o filho de seu padrinho, seria preso.

Quando Severino soube que Sr. Anésio tentou incriminá–lo espalhou pela cidade que iria matá–lo, logo que o encontrasse. Temeroso, Sr. Anésio não mais saiu de casa. Comprou uma espingarda e ficava de tocaia com medo que Severino pudesse cumprir sua ameaça.

Na tarde de sábado Severino convenceu um jovem a vestir suas roupas, pegar sua moto e passar várias vezes em frente da casa de Sr. Anésio. Lineu, que queria fazer parte da turma de Severino, achou uma ótima oportunidade de agradá–lo, então vestiu–se e partiu. Sr. Anésio cochilava. Quando ouviu o ronco de uma moto olhou pela fresta janela, viu o seu possível assassino, um jovem vestia uma jaqueta preta de zíper prateado e tinha um colar de ouro com um medalhão, vindo em alta velocidade em direção a sua porta.

Sr. Anésio entrou em pânico, apontou sua espingarda e disparou repetidas vezes.

O jovem caiu fulminado e a moto sem controle estourou a porta. Ainda com arma nas mãos Sr. Anésio se aproximou e percebeu que o rapaz que sangrava no chão não era Severino. Logo o viu do outro lado da calçada, rindo com ironia. A polícia foi chamada e Sr. Anésio foi detido. Anos depois, um advogado da cidade, conhecendo sua história, conseguiu junto à justiça transformar o caso de assassinato para Legítima Defesa Putativa, já que era evidente tratar–se de um erro justificável diante das circunstâncias.

LOMBROSO

Numa pequena cidade europeia, há meses um criminoso estava agindo criando uma revolta popular. Um serial killer estava matando as prostitutas da cidade. O juiz, um homem muito influente, determinou a todas as autoridades que se encarregassem de encontrar o criminoso. Seu irmão, o delegado e candidato a prefeito, queria a todo custo ser o responsável pela captura do criminoso, pois a repercussão seria o ingrediente que faltava para que sua campanha alavancasse.

Certa noite um acidente nos arredores da cidade envolveu um homem que veio a falecer. Ele vestia terno marrom e calçava sapatos de couro, com uma fivela no calcanhar. Em seus documentos encontram um endereço. O delegado e um policial foram até o local. O lugar era deserto, parecia que há muito tempo não existia vida ali. Adentram ao casebre e ficaram abismados. Fotografias de dezenas de moças estavam espalhadas pelas paredes, jornais e revistas anunciavam as prostitutas assassinadas. Num armário com roupas íntimas ainda havia manchas de sangue que comprovavam que o homem acidentado era o serial killer, o assassino mais procurado do país.

O delegado raciocinou rapidamente tentando aproveitar a morte do serial killer a seu favor, mas não poderia anunciar sua morte, teria que prendê–lo, para conseguir votos. Foi então que teve uma ideia.

Lohram era um bêbado contumaz, morava sozinho numa casa da periferia e tinha algumas desavenças com o delegado.

No dia seguinte os jornais estampavam a notícia na primeira página. PRESO O HOMEM MAIS PROCURADO DO PAÍS. O CRUEL ASSASSINO DAS MENINAS DE PROGRAMA CHAMA–SE LOHRAM.

Lohram clamava por piedade, dizia–se inocente. Mas o delegado, crescendo nas pesquisas para a eleição de prefeito, exerceu seu direito de ser o principal acusador, levando ao público e ao júri, informações improcedentes, mas muito convincentes e aceitas na época. Trouxe à presença das autoridades os conceitos de um famoso médico e cientista, Cesare Lombroso, que julgava pela aparência, baseado em estudos que identificavam características comuns nos assassinos.

Sob esta tese o delegado destacava com muita veemência as características físicas de Lohram.

– Observem senhores, este homem possui os braços

longos, testa alta, orelhas grandes, crânio espesso, maxilares protuberantes. Olhem seu corpo, observem. Abrindo–lhe a camisa a força, mostrava e continuava a dizer:

–Vejam há pelos abundantes no peito, tenho um laudo médico em minhas mãos que diagnosticaram que ele tem pouca sensibilidade a dor, extrema agudeza de visão, possui ainda uma extraordinária resistência a golpes mortais ou ferimentos graves. Sofreu castigos e sua pele se encontra sem nenhum ferimento. Suas práticas sociais pioram ainda mais a sua situação, vejam suas tatuagens, ele usa gírias, gosta de orgias e ociosidade, bebe até cair, e tantos outros fatos confirmam a tese do médico Lombroso. Ele é o criminoso, ele é o serial killer, que matou cruelmente as moças da nossa cidade. Encontramos fotografias e recortes de jornais e revistas das mulheres que ele matou, encontramos ainda roupas íntimas ensanguentadas guardadas em seu armário. Este homem deve ser julgado e condenado, preso estará impossibilitado de cometer outros crimes.

O Delegado foi eleito prefeito com expressiva votação e Lohram passou a vida toda na cadeia, o policial que participou inicialmente do conluio desapareceu misteriosamente.

NEGLIGÊNCIA

O asilo Pontes de Lucena passava por necessidades e não contava com auxílio governamental. Envolto em dívidas seus administradores viram-se obrigados a uma tomada de decisão arriscada, decidiram colocar em prática a proposta do seu diretor e fundador.

Reuniu os idosos e os convenceu que passariam a ter uma nova ocupação terapêutica, cujo intuito era melhorar o condicionamento físico, além de ajudar a instituição.

Eufóricos os idosos aceitaram prontamente. Foram treinados para pedirem doações para a instituição, argumentando melhorias na qualidade de vida e partiram para a nova missão.

Todos os dias os idosos eram deixados em pontos previamente determinados na cidade. Passavam o dia inteiro caminhando pelas ruas e pedindo esmolas e à noite retornavam para o asilo entregando tudo que haviam arrecadado.

Alguns acidentes foram registrados, mas o asilo tomava medidas imediatas para encobrir a situação. No dia 4 de agosto Dona Aurora, uma das idosas do asilo, foi atropelada por um motoqueiro. As câmeras de segurança de uma loja registrou o acidente. O caso teve repercussão por causa de uma reportagem no jornal nacional.

O filho de Dona Aurora jantava com a família e assistia a reportagem. Foi surpreendido ao reconhecer a idosa como sua mãe, enquanto estava sendo socorrida. Indignou–se, pois tinha certeza que ela se encontrava sob a guarda e responsabilidade do asilo que era um dos mais conceituados da cidade.

Visitou–a no hospital e foi novamente surpreendido com a informação, de que há meses ela caminhava pela cidade pedindo doações, com o intuito de melhorar seus movimentos físicos e ajudar a instituição que lhe dava acolhimento.

Levado o caso à justiça, os proprietários do asilo foram condenados por negligência, falta de cuidado e também por agirem abusivamente, colocando em risco a vida da idosa que estava sob sua responsabilidade.

Além de violar o estatuto dos idosos, expondo–os a perigos, a integridade física e psíquica e riscos a saúde.

OBSESSIVO COMPULSIVO

No cruzamento de uma importante Avenida de Curitiba, Brandão, filho de um importante empresário, não respeitando a sinalização, atropelou e matou a jovem Marinete Flores, a única filha da viúva Antonina Flores. Ficou inconformada com a liberação do jovem que não ficou preso nem por algumas horas, saiu sob fiança, e passou a responder o crime em liberdade.

Por mais de um mês ninguém ouviu falar de Antonina. Trancou-se em sua casa e saiu apenas para entregar o imóvel e o carro que possuía, aos novos proprietários. Alugou um quartinho nos fundos da casa de seu irmão. Depositou o dinheiro da venda do imóvel no banco e recebia uma pensão do marido que lhe dava condições para viver tranquilamente. No entanto, depois da morte de Marinete suas atitudes começaram a levantar suspeitas, principalmente pela visita constante de um homem, que lhe trazia documentos. Antonina passava o dia conectada a sites de relacionamento. Em pouco tempo surgiram os resultados do comportamento de Antonina. Uma matéria num jornal de grande circulação fazia comentários desairosos sobre Brandão, o homem que matou sua filha e fugiu sem prestar socorro. Em frente da empresa do empresário, pai de Brandão, um outdoor foi colocado com a imagem chocante do acidente, afirmando tratar–se de um assassinato.

Na noite seguinte quando Brandão saía de uma casa de espetáculo foi surpreendido por várias pessoas, onde Antonina tomava a frente com um cartaz em mãos que pedia justiça e gritava: – Assassino!

Brandão frequentava o clube da cidade. Certa tarde, enquanto almoçava com amigos, foi surpreendido por Antonina, com balões de ar com a fotografia de Marinete e com dizeres, "Não podemos conviver com um assassino". Um carro com alto falantes percorria o bairro, lembrando a todos do acidente e dizia que moradores dignos e honestos não poderiam conviver no mesmo lugar que o assassino. Uma noite quando Brandão saía da faculdade ao chegar ao estacionamento, encontrou seu carro coberto com cartazes colados nos vidros e portas cujos dizeres chamavam–no de assassino.

Em pouco tempo outras pessoas uniram–se ao sofrimento de Antonina, e por onde Brandão passava sempre alguém o reconhecia e ligava para Antonina. Ela não media esforços e nem dinheiro para fazer da vida de Brandão um verdadeiro inferno. Até mesmo os negócios de seu pai começaram a ser ameaçados e ficaram comprometidos.

A obsessão de Antonina não tinha limites. Ela promoveu uma passeata pelas ruas da cidade pedindo justiça.

O empresário, pai do rapaz, sentindo–se pressionado arremeteu seu automóvel em meio às pessoas da passeata ferindo alguns participantes. A revolta dos que estavam presentes foi instantânea. O empresário foi agredido e só sobreviveu, por que a polícia agiu rapidamente.

Antonina passou apresentar comportamentos ainda mais agressivos, absurdos e incontroláveis. Falava frases repetitivas e persistentes. Era dominada por pensamentos desagradáveis, adquiriu cacoete, com as mãos fazia gestos repetitivos e rituais como se estivesse vendo sua filha. Estava desorientada e observava que tudo o que fazia não acelerava o rito processual de Brandão, além do sucesso obtido pelo excelente advogado para defendê–lo.

Sem controle Antonina alugou um automóvel e ficou estacionada a duzentos metros da entrada da casa de Brandão. Ficou esperando que ele saísse pelo portão. Logo que percebeu o movimento na garagem, ligou o motor e acelerou ao máximo, chocando–se de frente contra o seu automóvel.

Os dois foram socorridos. A justiça considerou Brandão culpado pela morte da jovem Marinete, condenou também seu pai por ter causado ferimentos nos participantes da passeata e Antonina foi internada numa casa para tratamento de sanidade mental.

OFENDÍCULOS

Tornara–se um caso pessoal. Sr.Valdir pela oitava vez saía da delegacia com mais um boletim de ocorrência, mas já sem esperança que seu problema fosse resolvido. Construiu com muita dificuldade na esquina da Rua Barata Ribeiro com a Av. São Luiz um excelente prédio de dois andares. A parte de baixo eram lojas com fachadas de vidros, a parte superior com quatro salas comerciais. Um pequeno beiral circundava a construção, amenizava a chuva e nos dias de sol produzia uma pequena sombra na calçada, mas era um lugar perfeito para os pichadores caminhar enquanto despejavam suas fúrias artísticas incompreendidas. Antes mesmo de a construção completar um ano Sr.Valdir foi obrigado a pintar a fachada superior dezenas de vezes. Os delinquentes, como eram chamados pelos comerciantes e moradores do bairro, ficavam as espreitas aguardando a nova pintura, para que um da gangue ousasse desafiá–lo novamente.

Cansado de não reagir, Sr.Valdir contratou uma empresa que fez uma pequena reforma. Eliminou espaços ociosos, levantou paredes e tirou qualquer saliência que pudesse servir de apoio. Pintou tudo de branco neve.

Colocou cerca elétrica e avisos por todos os lados, "Cuidado local sujeito a acidente", " Perigo de queda e queimaduras", "Beiral frágil", " Mantenha-se distante".

Na manhã seguinte quando Sr. Valdir aproximava-se observou um grande tumulto. Lindão, o maior e mais respeitado pichador do bairro, estava estendido no chão. Sofreu uma queda de três metros de altura. Seu estado era grave. O resgate do corpo de bombeiros fazia os primeiros socorros. Mantendo uma calma fora do comum, Sr. Valdir olhou para cima e observou que uma parte do prédio havia sido pichada, porém as letras incompreendidas de antes, foram substituídas por uma frase que parecia um recado.

" Não adianta pintar que nós vamos pich

A frase foi violentamente interrompida, terminando ali, exatamente no lugar onde havia um artifício no beiral que tinha sido reconstruído com várias partes presas por molas resistentes, para que de longe parecesse uma laje compacta, mas que com peso acima de cinco quilos o deslocamento seria inevitável, provocando a queda de quem estivesse andando por cima. Então Lindão despencou.

A notícia espalhou-se rapidamente. Os pichadores de plantão compreenderam o perigo que corriam ao fazer peripécias nas alturas. Sr. Valdir foi intimado pelas autoridades para dar esclarecimentos, após apresentar fotos do local com insistentes avisos e todos os cuidados extras que havia tomado foi liberado, pois o meliante havia se esgueirado por minúsculos espaços, escalando paredes com alto grau de dificuldade e com o intuito de invadir sua propriedade, não respeitando os avisos e enfrentando os ofendículos ali expostos.

Lindão se recuperou, mas ficou com sequelas permanentes numa das pernas e hoje faz campanha para que os amigos deixem de pichar as paredes dos cidadãos de bens do bairro.

PRODUTOS TERAPÊUTICOS ADULTERADOS

Nos bairros periféricos e em grandes centros é comum encontrarmos conhecedores de ervas medicinais, vendendo tratamentos miraculosos para todos os problemas de saúde. Na década de 60, um destes espertalhões, resolveu aprimorar uma fórmula que no passado havia sido descartada pelos laboratórios, para eliminar de vez o problema da calvície.

O sucesso imediato chamou a atenção do aproveitador inescrupuloso que passou a investir no medicamento. Um produto a base de água, ingredientes naturais e uma fruta da Amazônia, criava uma condição propícia para o fortalecimento do bulbo capilar, associando à limpeza e massagens no couro cabeludo, em pouco tempo reapareceriam alguns fios de cabelo.

O produto estava surtindo efeitos. O valor de cada frasco foi aumentando à medida que a procura se intensificou. O investidor, projetando diminuir seus custos, contratou uma empresa de reciclagem para produzir e fornecer os frascos. Investido todo seu capital na certeza de recuperá–lo em poucos meses. Mesmo sem autorização dos órgãos de fiscalização intensificava as vendas clandestinas, que se espalhavam por todas as feiras livres da cidade. No entanto, um revés trouxe á tona um grande problema. Devido à falta de higiene, a utilização de material de péssima qualidade na confecção dos frascos plásticos, e o desconhecimento técnico das misturas dos ingredientes, bactérias proliferaram e se adaptaram ao produto rico em vitaminas. Começam então a surgir os primeiros casos de infecção capilar, queimaduras, irritação da pele, dos olhos, boca e genitálias, pois o produto era usado no banho e as espessas espumas escorregavam por todo o corpo.

As autoridades não tomaram providência. O investidor estava ciente dos problemas causados pelo produto, mas seu principal intuito era recuperar seu capital, não estava preocupado em expor a vida e a saúde em perigo direto e eminente dos usuários. Desenvolveu um sistema de rodízio para venda do produto em localidades distantes, onde ainda as infecções eram desconhecidas. Nessas regiões as vendas continuavam aumentando.

Logo se deparou com a falta da fruta vinda da Amazônia e com a saída o principal conhecedor da mistura. A partir de então, ele mesmo passou a acrescentar ingredientes que considerava servir para a fórmula. A toxidade chegou a níveis críticos, além dos diagnósticos conhecidos, passou a provocar cegueiras e problemas respiratórios. Ainda assim, não se sentiu intimidado e continuou a sua escalada em busca do seu capital.Viajou para o interior e encontrou um mercado fértil para seu produto, que continuava espalhando todos os tipos de efeitos colaterais.

Foi preso numa cidade após ser reconhecido por parentes de um usuário que estava internado no único hospital do estado especializado no tratamento de pele por uso de produtos químicos e bacterianos.

RECONVERSÃO

Um encontro inocente trouxe esperança para um coração carente. Wilson de beleza não era dotado, e chegara aos quarenta, imaculado.

Portador da síndrome da timidez amorosa, um sintoma crônico e severo que inibia sua lucidez amorosa, e não havia quem pudesse tirar de seu peito esta ansiedade dolorosa.

Um encontro imprudente, num lugar decadente, uma jovem lhe seduziu, Juliana de olhar meigo e atraente, de lábios carnudos e persistentes, sorriu, foi o suficiente para dar início a uma aventura, cheia de ternura.

Dois corpos ardentes vivendo afinidades querendo descobrir suas identidades.

Um namoro convincente, um noivado consistente e um pedido de casamento, insistente. A data marcada. A família reunida, a cerimônia confirmada, a noite de núpcias concretizada.

Juliana, objetiva procurava ser, para que seu marido inexperiente pudesse entender, mas a inocência insistia em prevalecer.

Esposo fiel sempre contente sonhava com filho presente, Juliana angustiada não querendo uma mentira viver, resolveu de uma vez por todas esclarecer,

Cautelosa procurava as palavras para convencer. Dizer da impossibilidade de um filho ter.

No anseio de viver, só a resignação para encher de vida um coração. Wilson surpreendido esqueceu a paixão, exigiu detalhes para compreender a informação... Juliano?

Um homem enfim. Casei–me enganado assim?

Não foi o amor que sonhei para mim. Desequilibrado emocionalmente a casa abandonou. Recorreu à justiça que determinou que se fizesse a anulação para amenizar a vergonha que o dominou.

O juiz exercendo sua função tentou uma reconciliação, mas Wilson, infeliz, não deu atenção.

À justiça seguiu os pressupostos processuais em caráter confidenciais. O tempo passava, Wilson chorava, sentindo que seu coração se despedaçava. Juliana o enganou. Perante todos o desacreditou, e seus sentimentos matou.

No dia da sentença o fórum lotou. Perante o juiz não se conteve, Juliana, linda e serena, se manteve, com o coração pulsante deixou se levar como um tolo amante.

Ao vê–la sorriu e em sua direção partiu. Um abraço afetivo, um pedido de perdão surgiu, olhando seus olhos, uma palavra em seu ouvido sugeriu, um filho adotar, uma alternativa para consagrar um verdadeiro amor que os uniu.

A justiça atuante compreendeu nula a pretensão do casal amante, porém, tendo em vista que o requisito atual não confronta com o original, produzira efeito matrimonial para legalizar uma nova vida conjugal.

Wilson e Juliana terão a convicção de que a justiça confirmara essa nova união, cumprindo seu papel, dando ao casal a liberdade de uma nova lua de mel.

SEQUESTRO

Quero e preciso contar a minha história para que fatos como os que ocorreram possam ser evitados. Eu tinha uma barraquinha no terminal rodoviário de Maceió, onde vendia de tudo, celular, lenços, canetas, bijuterias, santinhos, entre outras miudezas. A desorganização no terminal era o ponto alto, poucas companhias se aventuraram a fixar seu ponto naquele lugar, o que favoreceu a criação de um mercado paralelo de ônibus piratas e vans clandestinas que faziam todo o trecho norte–sul, que fora abandonado pelas empresas oficiais.

Neste quadro caótico chegou uma senhora acompanhada por um garoto de uns oito anos de idade. Era carinhoso, ouvi–o dizendo para a mãe como ela era linda que quando crescesse iria procurar uma moça tão bonita quanto ela. Fiquei emocionado com tamanha ingenuidade. A senhora procurava o terminal da companhia que a levasse para Jaboatão dos Guararapes. Rodopiou pela precária plataforma sem obter nenhuma informação. Percebendo a aflição da senhora, abordei–a dizendo que não havia linha autorizada para aquele trajeto. Decepcionada agradeceu–me e saiu segurando a mão do menino. Poucos minutos mais tarde observei que ela conversava com um casal, ele era um homem muito forte, e a mulher uma jovem senhora.

Mais tarde observei uma grande confusão no terminal. Polícia, gente correndo, sirenes. A senhora aos gritos dizia que haviam raptado seu filho. Um arrepio tomou conta de meu corpo. O policial pedia para ela contar de novo como tudo havia acontecido. Com voz embargada pelo choro, ela dizia: "Eu estava à procura de uma passagem para Jaboatão dos Guararapes, quando o casal chegou dizendo que fazia o trecho. Vendeu a passagem e nos encaminhou até uma perua, eu entrei primeiro e o meu menino ficou do lado de fora com a mulher. Assim que me sentei no banco o homem tampou minha boca. Fiquei totalmente imóvel, mas consegui ver a mulher levando meu filho para um automóvel. Eles partiram e eu nada pude fazer, estava completamente imóvel pela força bruta do homem que me segurava. Outra pessoa entrou na perua e aplicou-me uma injeção no braço. Quando acordei estava deitada na calçada".

Para minha surpresa a polícia mobilizou-se rapidamente, mas não conseguiram encontrar os raptores. A senhora desorientada chamava-se Audineia e passou a frequentar o terminal na esperança que seu filho retornasse. O tempo passava, a rodoviária passou por uma reforma trazendo mais conforto para os passageiros e as companhias passaram a frequentar o novo terminal, mas a senhora Audineia agora mais magra, sem alguns dentes e adoentada continuava firme. Andava de um lado para outro, apanhava latinhas de refrigerantes para poder sobreviver, ficava sentada nos bancos. Mostrava uma fotografia desbotada do menino e perguntava a todos que chegavam se não tinham visto o menino.

Por diversas vezes tentei aconselhá-la a voltar para casa, mas ela já não tinha mais nada, seu marido havia a abandonado e estava sozinha no mundo. Os anos passavam depressa. Sua saúde se agravava. Tornou-se uma figura assombrosa, cabelos grisalhos e compridos, magra e mal vestida, sem os dentes da frente. Quem não conhecia seu drama a repugnava. Mas nós sabíamos que tínhamos o dever de ajudá-la e sempre que alguém tentava expulsá-la dali, tomávamos a frente e sempre impedíamos qualquer manifestação de agressão contra a sofrida Audineia.

Um dia os jornais contaram sua história. Dez anos se passaram. Um dia um automóvel estacionou no desembarque. Um rapaz de porte atlético, bem vestido, chamou a atenção das moças que caminhavam pela plataforma. Com passos firmes e decididos, caminhou em direção a Audineia que estava deitada e coberta por um cobertor esfarrapado. Ele se ajoelhou ao seu lado, olhou-a fixamente. Eu caminhei apressadamente, pois não queria que ninguém a perturbasse. O rapaz foi carinhoso, passava a mão em seu rosto como se a admirasse, ela abriu os olhos, e sem dizer nada recuou assustada. Cheguei perto e o ouvi dizer:

– Como a senhora é linda, quando crescer vou procurar uma moça tão bonita quanto você, mamãe. Com um sorriso nos lábios beijou sua face. Audineia arregalou os olhos e tentou até sorrir. Lembrou–se das palavras do seu menino quando criança, mas as lágrimas rolaram pelo rosto, sua voz rouca e debilitada impediram–na de gritar de alegria.

– Meu filho, você voltou. Eu sabia que um dia você voltaria. Eu fui impedida de socorrê–lo, mas eu não te abandonei, meu filho.

Os dois se abraçaram. Ele pegou seu corpo frágil no colo e desfilou pela plataforma. Todos que sabiam de seu drama se emocionaram e ficamos felizes por que seu drama chegara ao final.

O rapaz a levou embora. Soubemos que a quadrilha que raptava crianças foi desbaratada e todos foram presos.

Audineia faleceu dois anos mais tarde.

VIOLAÇÃO DE SEPULTURA

Um dos casos mais bizarros aconteceu num cemitério em São Paulo. A imprensa televisiva dava destaque e jornais apresentavam fotografias e manchetes sensacionalistas. Estavam violando e profanando as sepulturas do cemitério do bairro. A administração havia aumentado o efetivo de segurança, mas o vandalismo superava as estratégias dos vigilantes. Todos os dias dezenas de sepulturas eram atacadas e destruídas. O investigador da polícia Anderson Motta acompanhava um cortejo fúnebre, diante de sua vasta experiência, observou que um grande número de visitantes caminhavam entre as sepulturas, anotavam, faziam rabiscos, contavam quantos túmulos haviam e reuniam–se em grupos. Considerou a atitude suspeita. Levou suas desconfianças ao delegado e foi designado para ajudar nas investigações.

Durante a noite a polícia conseguiu prender 22 pessoas que estavam com enxadas, maretas e picaretas, destruindo em sequência vários túmulos. Foram levados à delegacia do bairro e surpreenderam quando foram identificados, tratava–se de pessoas idôneas do bairro. O comerciante, o pintor, o padeiro, o jornaleiro, o encanador e alguns estudantes.

Foram interrogados, mas ninguém se atreveu a informar porque estavam violando os túmulos. Depois de tomada as providências foram liberados para responder ao inquérito em liberdade. O investigador Anderson solicitou que um agente disfarçado passasse por comerciante e se infiltrasse na comunidade. Em poucos dias Anderson recebeu a visita de um informante com dados sobre as depredações no cemitério. Ávido por revelações, Anderson abriu seu caderno e começou a anotar. Um dos maiores ladrões de jóias do Brasil, o Pedrão, foi morto na prisão, e antes de morrer enviou uma correspondência para a quadrilha em forma de códigos, que dizia que estava correndo perigo de vida, precisavam retirar as joias escondidas do cemitério, vendê–las e mandar o dinheiro para ele tentar comprar sua sobrevivência.

Ao ler à carta a polícia identificou um código que dizia que as joias roubadas estavam enterradas em um túmulo do cemitério do bairro. A dobradura do papel dificultou a leitura da sepultura. Somente Pedrão tinha esta informação, mas estava morto. Então a quadrilha tentou por várias semanas descobrir, violando o máximo de túmulos possíveis. Antes tentaram corromper guardas e vigilantes, mas tudo em vão. Sem mais opções resolveram utilizar da força de convencimento para socializar a procura, espalhando pelo bairro, que quem ajudasse a encontrar receberia 20% do valor em dinheiro. Aquelas pessoas, depois de envolvidas, foram informadas que quem ousasse falar sobre o assunto com a polícia seria morto, sem piedade. Por isso ninguém se manifestou.

A polícia especializada em roubo de joia foi acionada, e num final de semana impediram a entrada de visitantes e fizeram uma varredura em todo o perímetro do cemitério. Um cão treinado farejou as joias num túmulo que já havia sido violado.

As joias avaliadas em milhões de reais foram recuperadas numa investigação mais apurada. Dezenas de pessoas da sociedade incluindo empregados, vigilantes, guarda civil, moradores e comerciantes, todos envolvidos nas violações passaram a responder pelo crime praticado.

FUNDAMENTOS JURÍDICOS

Aborto de Anencéfalo... (*Por decisão do STF, não pratica o crime de aborto tipificado no Código Penal a mulher que decide pela "antecipação do parto" em casos de gravidez de feto anencéfalo)*

Alienação Parental... Lei 12318/10

Ausência... Art. 22, CC ; Art. 26, CC ; Art.37, CC

Caso Fortuito... Art.28, CP

Coação I... Art.22, CP

Coação II... Art.217–A §1°, CP; Art.158, CP

Codicilo... Art.1881, CC

Comoriência... Art. 8, CC

Contrabando... Art. 334, CP

Contravenção... Art.41, CP– Lei 3.688/41

Crime contra a saúde pública... Art. 268, CP

Dever de Cuidado... Art.283, CP; Art. 284, CP

Erro de Proibição... Art.21, CP

Estado de Necessidade... Art.24, CP

Estelionato... Art.297, CP; Art.171, CP; Art.167, 1°, II, CC.

Estupro de Vulnerável... Art. 217– A, CP; Art. 218, CP.

Excesso de Legítima Defesa... Art.23,§ único

Exploração de Menor... Art.7º, XXXIII, CF; Art.203,§1º, I e § 2º CP.

Fiador... Art.818, CC

Imprudência... Art. 186, CC

Imprudência ou Imperícia? Art. 18,§II, CP.

Incapazes... Art. 186, CC; Art. 163, CP

Induzimento a Especulação... Art.174, CP

Induzimento ao Suicídio... Art. 122, CP

Inimputáveis... Art.26, CP

Intimidação... Art.147, CP

Legítima Defesa Putativa... Art.20,§1º, CP

Lombroso... (Antiga Tese)

Negligência... Art.99 – Lei 10.741/03

Obsessivo Compulsivo...Art.59,CP

Ofendículos... Art.23, CP

Produtos terapêuticos adulterados...Art.273, CP

Reconversão... Art.1557,§I, CC; Art. 138, CC

(http://ne10.uol.com.br/canal/cotidiano/grande-recife/noticia/2011/09/26/recife-tem-primeiro-casamento-homoafetivo-direto-do-nortenordeste-299956.php)

Sequestro... Art.148, CP

Violação de sepultura... Art.210, CP

POSFÁCIO

Os contos apresentados por Rubens Neco neste livro são narrativas fictícias, cujas quais, foram sendo criadas de acordo com os temas citados em sala de aula para estudo. Pude presenciar os momentos de criação, onde o autor, entre ideias e personagens buscava no Vade Mecum o fundamento jurídico para todas as situações apresentadas.

Para este autor não há limitações de criação, basta apenas estar harmonizado com o aprendizado e a inspiração.

Rubens Neco possui três obras publicadas, cujos alguns dos contos que compõem estes livros, trazem situações jurídicas que dariam uma boa discussão em sala de aula, como exemplo o livro Pingo de Gente, onde apresenta cenas de furtos, golpes, roubo de órgãos, assassinato, entre outras situações que repercutem no mundo jurídico.

Cabe ressaltar que suas obras, trazem histórias emocionantes e dificilmente caem no esquecimento.

Experimente conhecê–los e boa leitura.

Fátima Mendonça
Assessora Literária